SAMUELLE BARBIER

Samuelle Barbier est enseignante de français et d'anglais dans le Pas-de-Calais. Passionnée par la saga *Harry Potter*, elle a commencé à écrire des fanfictions sur le célèbre sorcier quand elle était encore lycéenne et a déjà participé à un concours de thriller en 2017 duquel elle était arrivée finaliste. Elle a reçu le Prix *Télé-Loisirs* du roman de l'été 2019, présidé par Virginie Grimaldi, pour son récit *La Sirène et le Scaphandrier* (Hugo & Cie, 2019).

La SIRÈNE et le SCAPHANDRIER

MIXTE
Papier issu de sources responsables
FSC® C003309
FSC www.fsc.org

Pocket, une marque d'Univers Poche,
est un éditeur qui s'engage pour la préservation
de l'environnement et qui utilise du papier fabriqué
à partir de bois provenant de forêts gérées
de manière responsable.

ISBN : 978-2-266-30994-3
Dépôt légal : juin 2020

Samuelle Barbier

La Sirène et le Scaphandrier

Hugo Roman

PLAYLIST

At Folsom Prison – Johnny Cash
Wide Open Spaces – Dixie Chicks
Hooked on a Feeling – David Hasseloff
Annalee – Gavin DeGraw
Fight Song – Rachel Platten
Traveling Girl – Anthony Crawford
I'm Gonna Be (500 Miles) – The Proclaimers
The Long Way Around – Dixie Chicks
La Paloma – Semino Rossi
She Dances in the Rain – ColinResponse

1

Zach

1er février

— Faites un pas en avant ! aboie une voix gutturale qui me ferait presque sourire si elle ne me hurlait pas dessus dans ces conditions.

Et on dit que les Texans ont un accent prononcé ! Faites un séjour sur la côte Ouest des États-Unis, et vous comprendrez immédiatement l'ironie de la réflexion.

J'inspire un grand coup, et j'obtempère. J'ai compris depuis un moment qu'il est inutile de lutter. Un flash se déclenche, m'éblouissant pendant un instant. Me voilà officiellement le nouveau locataire d'une minuscule cellule de deux mètres sur trois, avec une vue magnifique sur la cour de la prison. Je peux oublier le lit aux draps de coton blanc et les chocolats sur l'oreiller : quelque chose me dit que ce n'est pas le genre de la maison.

Je vous passerai la fouille corporelle, qui n'est pas des plus agréables. Et puis, j'ai quand même ma dignité… La prise d'empreintes qui suit laisse mes doigts tachés, comme quand on peignait sous la pergola avec Andy, étant enfants, sitôt le soleil levé. Il n'y a jamais de soleil à New York. C'est moche, c'est gris… Jusqu'à présent, je n'y étais venu qu'une seule fois, pendant un voyage scolaire, quand j'étais môme. Ma grand-mère avait économisé des mois pour que je puisse partir avec ma classe. Je revois le bocal qu'elle remplissait de petites coupures, sur l'étagère du salon, promesse d'un voyage à couper le souffle. Le souffle coupé, je l'ai eu, mais pas comme elle en rêvait pour moi. Cela a été quatre jours d'horreur. J'ai tout de suite détesté cette ville : trop grande, trop enfumée, trop de monde.

Mais aujourd'hui, vu que c'est grâce à un transfert ici que j'ai survécu, je ne vais pas faire le difficile. J'avais le choix entre être un taulard en vie à New York et être un taulard mort au Texas. Je n'ai pas hésité longtemps : m'enfermer dans la même prison que les gars que j'ai balancés n'était pas une idée brillante, même mon avocat commis d'office s'en était rendu compte. Alors ils ont fini par m'envoyer ici.

On pourrait croire que les prisons sont les mêmes, au Texas ou à New York, mais non. C'est pas le bâtiment, c'est autre chose. L'air qu'on respire n'est pas pareil. Le ciel non plus. Même les tenues des prisonniers. Au Texas, on avait une combinaison grisâtre. Depuis que je suis arrivé ici, l'orange est partout. Et ce n'est pas un joli orange, comme un coucher de soleil. Non, c'est un orange criard, celui qu'on retrouve sur les plots de voirie.

Il y a encore un mois, j'étais Zachary Bowman, aujourd'hui je suis le prisonnier 1989. C'est mon année de naissance, plutôt ironique. Je fêterai mes trente ans derrière les barreaux. J'y ai déjà fêté mes vingt-cinq ans, enfermé dans une cellule de dégrisement, et j'ai même pas eu droit à une jolie bougie. Lorsque je sortirai d'ici, j'aurai trente-six ans. Si je me tiens correctement. Sinon, j'aurai déjà dépassé la quarantaine. Alors je suis bien décidé à me montrer sage, cette fois.

Une fois la paperasse expédiée, c'est parti pour un tour du propriétaire. Douche à l'italienne et cuisine aménagée ne sont pas au programme. Pour le charme du couloir sans fin, on repassera.

Lorsque nous arrivons à destination, le gardien badge et ma porte s'ouvre. J'entre, il m'enlève les menottes puis referme la porte. Vite, trop vite. Comme s'il craignait que je l'attaque. Ça ne m'était même pas venu à l'idée.

Ils mettent toujours les nouveaux dans des cellules individuelles, histoire de pouvoir les jauger tranquillement, avant de les jeter dans le vrai enfer carcéral : deux détenus dans la même cellule.

Bienvenue à Rikers !

Nous avons deux heures de liberté par jour. Une heure de récréation, dans la cour. Et une heure pour aller où on veut. Apprendre un métier. Poursuivre des études.

À vingt-neuf ans, j'ai passé l'âge d'aller poser mon cul sur une chaise pour écouter un connard m'expliquer les balances comptables, dont « je pourrais avoir besoin à l'avenir ». *Ouvre les yeux, mec. L'avenir de quatre-vingt-dix pour cent d'entre nous se passera entre ces quatre murs !*

Je sais pas trop quoi foutre, alors je m'inscris pour aller à la bibliothèque.

***

Je pensais tirer mon heure tranquille, à lire des comics. Au lieu de ça, je me retrouve avec six autres gars, autour d'une table ronde fichée au sol par de grosses vis, assis sur une chaise tout aussi scellée. Ils ont peur qu'on se les lance à la gueule, je présume. *Les cons !*

Le type qui nous cause se balance d'avant en arrière et n'arrive pas à regarder un seul d'entre nous dans les yeux. Les autres, par contre, me dévisagent sans scrupule. Ils sont déjà en train de se demander s'ils vont pouvoir me taxer des clopes ou de la bouffe sans que je bronche. Manque de bol pour eux, ça ne risque pas d'arriver. Pas s'ils veulent garder toutes leurs dents, du moins.

Le froussard a un joli badge où c'est écrit « Benny ». *Benny and the Jets* tourne en boucle dans ma tête, c'est malin. Il a l'air d'avoir envie de pisser, comme ça, mais je vois qu'il flippe. « On va pas te planter avec une brosse à dents, tafiole ! », voilà ce que j'ai envie de dire à ce fils de pute. Mais je viens d'arriver et j'ai encore six ans minimum à tirer, alors je serre les dents et je ferme ma gueule.

Tiens, Benny-le-blaireau a réussi à finir une phrase sans se pisser dessus ! C'est miraculeux.

La direction l'envoie nous inciter à nous inscrire sur un site pour trouver des correspondants. Histoire qu'on garde un lien avec le monde réel. Inmate-penpals.com, ça s'appelle.

On nous dit de ne pas nous inquiéter, que le site est bien sécurisé. Quelque chose me dit que ce n'est pas de *notre* sécurité qu'ils se préoccupent. Je présume qu'ils entendent par là que Big Brother – c'est-à-dire l'administration pénitentiaire de Rikers – nous surveille de très près. Il faut qu'on crée un profil pour se présenter. Vu les types qui sont assis à côté de moi, à chercher une photo d'eux torse nu pour la mettre en ligne, je me dis que le site devrait s'appeler Adopte-untaulard.com. Si quelqu'un veut bien correspondre avec nous, les gardiens jouent les facteurs et nous transmettent nos courriers. *Bien aimable à eux !*

Je ricane doucement. Le mec croit vraiment à son petit laïus, mais moi je sais comment ça se passe, c'est pas mon premier rodéo. *On va s'y inscrire sur ton site, Benny-le-blaireau !*

La moitié de ces gars cherche juste une fille qui fantasme sur les détenus, il y en a toujours. Des paumées. Au moins elles sont divertissantes. Il y a des psychopathes qui aiment envoyer des conneries malsaines à des collégiennes crédules, et il y a des gars seuls qui n'ont rien à perdre. Comme moi.

Alors, bien gentiment, je commence à écrire :

« *Cher monde...* »

2

Hanna

4 février

« Cher monde,

Vous êtes-vous déjà senti seul dans une pièce pleine de gens ?

Eh bien, c'est ce que je ressens depuis que je suis enfermé ici. Au moins, vous, quand les autres vous saoulent, vous pouvez prendre la voiture et rouler sans but, juste pour le plaisir. Ici, y a pas d'échappatoire, aucune sortie de secours, les autres sont partout.

La vérité est que nous avons tous une histoire à raconter. La question est de savoir si vous êtes prêt à partager la vôtre. De mon côté, je suis désormais forcé de faire face à mes démons, ceux qui m'ont conduit ici. Mon but, avec ce profil, est de trouver quelqu'un à qui exprimer mes pensées.

Avant d'être incarcéré, j'ai aimé nager, faire du motocross et monter à cheval. Je dis "j'ai aimé" car ça me semble si loin maintenant…

J'ai été élevé dans les marécages du sud-est du Texas, sur ces terres rouges où les vrais Cajuns règnent sur la terre. Maintenant que je suis "en cage", je passe le plus clair de mon temps à imaginer ce qui se passe à l'extérieur.

J'espère que cela a attiré votre attention. J'ai hâte de vous rencontrer, alors prenez un stylo.

Zach »

C'est le profil le moins niais que j'ai lu depuis deux jours. Cet échange de lettres, c'est une idée de mon psy. *Tu parles, encore une de ses grandes théories !*

Quand il m'a suggéré de m'inscrire sur Inmate-penpals.com, j'ai commencé par refuser. C'est un truc que ma mère m'a appris : « Commence par dire non, et après, réfléchis ! » Bien qu'elle soit morte maintenant, et qu'elle n'ait aucune idée de ce qu'est ma vie à présent, j'ai obéi. J'ai toujours obéi.

Je crois que j'ai choisi le psy le plus étrange de Londres. Il faut dire aussi qu'ils sont peu nombreux à accepter de se déplacer au domicile de leurs patients, alors le choix était plutôt restreint. Il a des idées vraiment farfelues sur la manière dont je devrais procéder pour vaincre mon agoraphobie : « Hanna, vous envisageriez d'adopter un chien dans un refuge ? », « Hanna, si vous faisiez un petit voyage ? » Celle-là m'a carrément fait rire. Il se déplace chez moi deux soirs par semaine et ça ne lui met pas la puce à l'oreille. *Si j'avais un chien, qui le sortirait, Sherlock ?*

Puis j'ai réfléchi et allumé mon ordinateur. Mes mains transpiraient à grosses gouttes, mais j'ai tenu bon. C'était il y a quatre semaines.

Je repousse mon Mac portable et me dirige vers la baie vitrée de mon appartement. Je ne l'ouvre jamais,

mais la vue sur la Tamise m'a toujours apaisée. Mis à part ces derniers mois.

Je me dirige vers ma porte d'entrée et m'arrête. Comme chaque fois. Je pose mes deux mains à plat sur la porte. *J'irais prendre un brunch au Starbucks du coin de la rue, puis je marcherais le long de la Tamise, je flânerais à Camden Market.* Mais je ne ferai rien de tout ça. Alors je soupire et repars vers la cuisine.

Je passe et je repasse mes mains sous le robinet après l'avoir ouvert. C'est une des sensations que je préfère : l'eau qui coule sur ma peau. Je pourrais rester des heures sous la douche. Faute d'avoir une baignoire. S'immerger, émerger. Encore et encore. J'en rêve.

Je ne sais pas trop ce qui me pousse à prendre mon clavier et à me mettre à écrire. Peut-être est-ce parce que, soudain, l'image d'une terre rouge et de chevaux sauvages me fait monter les larmes aux yeux. Une terre rouge qui glisse entre les doigts comme l'eau d'une piscine.

Sous le profil, il y a l'adresse de Zach, une cellule à Rikers, New York.

« *Cher Zach…* »

3

Zach

13 février

« Cher Zach,

Je ne sais pas ce que c'est d'être seule dans une pièce pleine de monde. Je ne sais plus. Depuis longtemps. Rien que l'idée de sortir de chez moi me tord le ventre. Ça doit vous paraître bête, mais j'en suis vraiment incapable. Je ne l'ai pas fait depuis plusieurs années. Même si ce n'est pas faute de vouloir. Moi aussi je suis enfermée. Il y a toutes sortes de cages.

Je ne sais pas trop pourquoi j'écris. C'est une idée de mon psy, honnêtement. Une idée étrange, mais moins que les précédentes. Alors je me suis dit "pourquoi pas".

J'ai recommencé trois fois le début de ma lettre. Pour trouver l'inspiration, je suis allée sur Internet. Vous connaissez le site Skyline webcams ? Moi je passe mon temps dessus. En un clic, on voit le monde entier, en direct. J'ai cherché une vidéo prise depuis le Texas, mais je n'en ai trouvé aucune. Alors j'ai passé une heure à Vegas, sur le strip. Et puis je suis allée au Brésil, une caméra transmet des cours de danse sur la plage…

De ma fenêtre, j'ai vue sur la Tamise. Elle est perpétuellement grise, même en plein mois d'août. Malgré tout, j'adore Londres, la ville grouille de vie, même s'il pleut sans arrêt. Les Londoniens en ont pris leur parti.

Depuis la hauteur de mon appartement, les gens ont l'air de ces fourmis rouges qui pullulent dans le désert.

Je parle beaucoup, probablement parce que écrire à un inconnu, à un prisonnier américain, me fait un peu peur. Je me dis que je pourrais être en train d'écrire à un psychopathe, quelqu'un qui égorge les chiots et mange leurs organes. »

Je me mets à rire. Puis je m'arrête subitement. Ce son me paraît bizarre, sans doute parce que ça fait longtemps que je ne l'ai pas entendu.

Elle est étrange, cette fille !

Pendant un moment, je me dis que c'est moi qui suis tombé sur une tarée. Mais mon regard se pose sur les barreaux de la fenêtre et je me rappelle : là où je suis, c'est rempli de cinglés. Ils sont sans aucun doute bien plus dangereux qu'Hanna, qui est à des milliers de kilomètres. Alors je continue ma lecture.

« Je présume que non. Mais en réalité, peu importe, puisque c'est la première lettre que j'écris depuis des années. Les e-mails ne comptent pas. Voilà longtemps que je n'ai pas parlé à d'autres êtres humains que mon psy et mon facteur. La conscience de mon inaptitude sociale me heurte soudain de plein fouet. Je sais que nous n'avons rien en commun. Je ne suis jamais allée aux États-Unis, je n'ai jamais fait de motocross. Je ne

sais même pas ce que signifie "Cajun"... Je présume que ça n'a rien à voir avec les épices dont on saupoudre le poulet. Par contre, je sais nager. Avant je hantais la piscine de mon quartier chaque soir pendant deux heures. La sensation de l'eau sur ma peau m'a toujours procuré une impression de liberté infinie, plus que n'importe quoi d'autre. Lorsque l'on s'immerge totalement, le silence est assourdissant, et tellement reposant. »

Je souris. Je vois très bien ce qu'elle veut dire. Je ressens exactement la même chose qu'elle. Lorsque je suis dans l'eau, j'oublie tout : mon karma pourri, mes erreurs, ce que j'ai fait pour en arriver là.

Il y a un lac, près de chez moi, au Texas. Je n'ai jamais eu beaucoup d'argent, je ne suis jamais parti en vacances, mais ça m'était égal. Je passais mes étés au bord du lac, à nager, à éclabousser Andy, sous l'œil attentif de ma grand-mère. Puis avec nos amis. Les meilleurs souvenirs de ma vie.

Elle n'a rien ajouté, elle a simplement signé. Hanna. Avec un H. Il n'y a pas de photo d'Hanna. Je n'avais pas mis de photo de moi non plus. Ça évite ce que mes codétenus appellent « les pouffiasses des taulards », des filles que les uniformes orange excitent. Moi, cet uniforme, il me donne envie de gerber. Elles, elles sont fières de sortir avec un « bad boy ».

J'emporte dans ma cellule la lettre de cette Hanna du bout du monde. J'ai reçu d'autres réponses, mais elles ont toutes une chose en commun : elles me demandent ce que j'ai fait pour en arriver là. Alors je les mets dans la pile pour la broyeuse.

Je remercie le gardien qui m'a conduit à la bibliothèque et je rapporte dans ma cellule de deux mètres sur trois une seule enveloppe. Je m'assieds et me laisse gentiment enfermer avec Hanna du bout du monde et, dans ma tête, la Tamise que je n'ai jamais vue qu'en photo, qui me berce jusqu'à ce que je m'endorme.

***

Ce matin, c'est l'aube qui me réveille. Le soleil se lève aussi, à New York. Mais c'est un soleil fade, rien à voir avec le soleil du Texas. Vous allez me prendre pour un con, parce que c'est le même soleil. Je vous vois d'ici me dire : « Un soleil, il n'y en a qu'un seul, enfin ! » Mais je vous jure que pour moi, le soleil qui se lève sur ma maison au petit matin n'est comparable à aucun autre. Pas un seul soleil au monde ne me réchauffe autant.

Je sais que je n'arriverai pas à me rendormir, alors j'attrape un bloc-notes et un stylo, et je commence ma réponse.

« *Chère Hanna du bout du monde…* »

4

Hanna

21 février

« *Chère Hanna du bout du monde,*

Ce qui me manque le plus ici, c'est l'oxygène. Comprenez-moi bien, on ne nous asphyxie pas mais, à New York, l'air paraît vite irrespirable.

Là d'où je viens, on ne connaît presque pas la pluie. Quand elle tombe, c'est comme si Dieu envoyait sa bénédiction sur la terre. Les cultures poussent, les fleurs redressent la tête.

Je peux rester des heures à regarder un orage d'été. C'est une pluie diluvienne qui s'abat soudain, des nuages qui s'assombrissent pendant dix minutes, des éclairs qui déchirent le ciel. L'orage, c'est un spectacle pyrotechnique divin, un putain de feu d'artifice. C'est Dieu qui chante du gospel et les anges qui entrechoquent toutes les casseroles de la cuisine du Paradis. Alors je sors vite de chez moi, je renverse la tête en arrière et je profite du spectacle ; ma grand-mère me hurle de rentrer, avec son accent portoricain, elle crie que je vais prendre froid. Ah ! Le bruit de la pluie sur les tôles de l'avant-toit.

Quand le soleil revient, on est presque déçus, parce qu'on sait qu'on ne reverra pas la pluie de sitôt. Alors on la salue comme une vieille amie et on la laisse partir avec un signe de la main.

Hier soir, j'ai pensé à votre Tamise, Hanna la Britannique. Je ne l'ai jamais vue, à part dans les livres d'histoire, et je dois bien avouer que je ne les ai pas ouverts très souvent.

Chez moi, à quelques kilomètres de la maison de ma grand-mère, il y a un lac. Il est tout le temps bleu. Les jeunes y vont l'été pour s'y baigner et pour draguer les jolies filles en maillot de bain. On peut aussi y pêcher. Un jour, j'y ai pris un poisson énorme. Je n'ai pas réussi à l'identifier, je ne suis pas plus doué en biologie qu'en histoire. Ma grand-mère l'a préparé avec du citron et de l'origan. Elle ne peut pas s'empêcher d'en mettre dans tout ce qu'elle cuisine. Ça donne à la maison un parfum particulier. Mes copains se moquaient un peu de moi à cause de l'odeur qui avait tendance à imprégner tous mes vêtements, ils disaient que je sentais la popote, mais je m'en fichais.

Quand je pense à elle, je l'imagine dans sa cuisine toute jaune et bleue à balancer de l'origan sur n'importe quoi, ou avec ses bougies votives aux quatre coins de la maison, en train de prier sainte Rita pour la cause perdue que je suis.

Je ne sais pas pourquoi je vous parle de ma grand-mère, Hanna la sirène. Probablement parce que, ici, personne ne pourrait comprendre (et ça nuirait à ma *crédibilité auprès des autres gars). Ici, pas de faiblesse possible.*

Si vous vouliez bien faire quelque chose pour moi, je voudrais que vous priiez pour elle, Hanna la lointaine. Je le ferais volontiers moi-même, mais je pense qu'Il ne m'écouterait pas.

Zach »

La pluie tombe sur Londres. Rien à voir avec les orages d'été dont parle Zach dans sa lettre. Ici, c'est un rideau grisâtre qui obscurcit tout et vous enferme dans votre solitude. Je suis allée en Grèce une fois, quand j'étais petite. Là-bas, la mer est si bleue qu'on la pense irréelle. Je me dis qu'elle doit ressembler au lac de Zach.

Je me demande si des nénuphars fleurissent sur son lac. Je l'imagine en train de draguer des Texanes brunes qui parlent fort, assis sur les rochers, sa canne à pêche entre les mains.

Lorsque mon psy est venu hier, je lui ai parlé de Zach. Je ne lui ai ni montré ses lettres ni parlé de ce qu'il avait mis dedans. Je lui ai dit qu'il s'appelait Zach, qu'il était enfermé à Rikers.

Pour la première fois, j'avais vraiment des choses à lui raconter. Quand on se retrouve enfermée chez soi, l'inconvénient c'est qu'à part les visites du livreur et du facteur – qui accepte de descendre mes poubelles chaque semaine pour cinq livres, une aubaine puisque je n'arrive même pas à aller jusqu'au vide-ordures –, il ne se passe pas grand-chose. Zach est une nouveauté bienvenue.

Je ne suis pas croyante, je pense comme Zach que Dieu a dû se désintéresser de moi il y a un bon moment. Seulement, depuis que j'ai reçu sa lettre, je songe à cette grand-mère toute seule dans sa cuisine jaune. *J'aurais aimé avoir ce genre de souvenir...*

Alors, avec une grande inspiration, je prends le téléphone et compose le numéro du père Thomas, à Sainte-Hélène. Avant, j'allais à l'église. Mais cela me paraît si loin. Comme si une vie avait passé depuis.

Je pense qu'il ne se souviendra pas de moi, c'était il y a dix ans, et l'eau a coulé sous les ponts depuis. Mais, lorsque je me présente, il percute tout de suite. *À croire que mon histoire l'a marqué... Hanna, l'orpheline qui vit dans une bulle.*

Il cherche à prendre de mes nouvelles, mais j'évite sa question et lui demande s'il peut inclure Zach et sa grand-mère dans ses prières. Je n'ai pas envie de lui parler. Pour quoi faire ? J'ai déjà mon psy. Et Zach. Parler au père Thomas, c'est m'exposer au jugement de quelqu'un qui a connu les deux Hanna : la Hanna d'avant, celle qui avait une vie, des amis ; et la Hanna actuelle, celle qui n'ose même pas mettre un orteil hors de chez elle. Je refuse d'être la fille dont on a pitié.

Je crois tout d'abord qu'il ne m'a pas entendue, mais sa respiration régulière au bout du téléphone me signale qu'il est toujours en ligne.

— Je prierai pour eux, Hanna..., me répond-il dans un souffle.

Et après un autre silence, il ajoute :

— Et pour toi aussi. Chaque dimanche.

Je le remercie, et repose lentement le combiné sur son socle.

Je me dirige vers la cuisine, sors trois citrons du frigo, et de l'origan du placard à épices. J'extrais le jus de citron, je le mélange avec l'origan et je prends une feuille blanche que je trempe dans le mélange.

Au bout de quelques minutes, je la sors délicatement, je la pose sur le côté de l'évier et j'entreprends de la sécher avec mon sèche-cheveux. Lorsqu'elle est enfin prête, je prends mon crayon et commence à écrire :

« *Cher Zach…* »

5

Zach

26 février

— Bowman !

Je me redresse péniblement sur ma paillasse.

— Courrier ! me hurle un gardien en me jetant une enveloppe à travers les barreaux de ma cellule.

Vu que personne ne sait que je suis là, à part mon cousin Juan qui n'est pas du style à envoyer des lettres, je sais qu'elle vient d'Hanna.

La lettre a été ouverte, censure de la prison oblige. Ils suppriment la pornographie, l'herbe, les cachetons et tout ce que les détenus essaient de se faire passer. Je n'imagine pas Hanna m'envoyer des photos indécentes d'elle ni de quoi planer dans ma cellule, mais bon…

Le site sur lequel je me suis inscrit il y a presque un mois se charge de lui faire parvenir mes lettres, certainement après avoir vérifié que je ne lui demande pas de louer un ballon dirigeable pour m'aider à m'évader. Mais elle peut m'écrire directement. Ce sont donc les fouines de Rikers – nos charmants gardiens – qui ont la primeur de découvrir les mots qu'elle m'adresse.

— Elle a pris la flotte, la lettre de ta petite copine british, Bowman.

Ce gardien est un porc, tous les prisonniers le haïssent. Il nous frappe sur les doigts avec sa matraque quand on a le malheur de poser nos mains sur les grilles, et crache dans la nourriture de ceux qui sont à l'isolement.

La rumeur dit qu'il fait tabasser les prisonniers qui lui tiennent tête par d'autres détenus. *Un pourri.* Moi je reste sur mes positions : faire profil bas, surtout ne pas faire de vagues, pour pouvoir sortir dans six ans. Six ans à se tenir à carreau à Rikers. Autant dire une éternité. Si je croyais en Dieu, je lui adresserais une petite prière. Mais on ne peut pas dire qu'il se soit bougé le cul pour moi depuis ma naissance, Jésus. Alors je n'ai pas trop d'espoir.

Lorsque j'ouvre l'enveloppe, j'en sors une feuille toute froissée, qui semble en effet avoir pris l'eau un bon moment. Mais l'encre n'a pas bavé, et une odeur bien connue se dégage du papier. Je le porte à mon nez. La lettre sent le citron et l'origan, et soudain je revois mon *abuelita*, penchée au-dessus des blancs de poulet qu'elle faisait revenir dans le jus d'agrume, en train d'ajouter un par un les petits morceaux de poivron qu'elle avait pris soin de couper en dés minuscules, comme des confettis rouges et verts.

Les larmes me montent aux yeux. *Je suis vraiment trop con !*

Le fait qu'une quasi-inconnue prenne la peine de faire ça pour moi me touche.

« Cher Zach,

Sachez que je n'ai pas inondé la lettre de mes larmes, à la place je l'ai trempée dans une mixture de citron et d'origan. C'était purement expérimental, j'espère que l'odeur restera suffisamment longtemps pour qu'elle vous parvienne.

J'aurais aimé vous raconter un joli souvenir de mon enfance, mais je n'ai pas connu mes grands-parents, et mes parents ont vécu trop peu de temps pour pouvoir me raconter leur histoire familiale. Ou pour que je m'y intéresse. J'avais dix-huit ans quand ils sont morts. Ce que je connais de leurs jeunes années, c'est le pasteur de ma paroisse, le père Thomas, qui a grandi avec mon père, qui me l'a raconté. J'adorais lui rendre visite au presbytère, avant… avant de ne plus pouvoir sortir. Et pourtant, j'adorais bouger.

Quand j'étais au lycée, j'avais soif de voyage. Cette période me paraît si loin à présent, comme si une autre l'avait vécue. J'avais planifié un road trip aux États-Unis avec deux de mes copines. Nous aimions imaginer les États que nous traverserions au volant d'une vieille Chevy en quête d'aventure, de liberté. Le Texas n'était pas sur notre liste ; en vous lisant, je me dis que c'était une erreur. Nous ne l'avons jamais réalisé, mais c'était un joli rêve. »

Le Texas, pour moi, c'est le jardin d'Éden. Surtout vu d'ici. Hanna ne sait pas ce qu'elle rate.

« Le délai d'acheminement de nos lettres est long, à cause de la distance immense qu'il leur faut parcourir.

Je me dis qu'elles voyagent plus que nous. Hier, j'ai demandé à ma voisine de descendre un sac de vêtements que je ne portais plus dans la benne pour le Secours populaire en bas de chez moi. J'ai observé le camion qui passait récupérer les dons. Je me suis dit que, même si moi je suis bloquée ici, eux voyagent.

Je sais que c'est stupide, que ce ne sont que des choses, mais le fait qu'on puisse leur offrir une autre vie, une nouvelle vie, m'apporte un certain réconfort. Ils feront des dizaines de kilomètres, peut-être même bien plus s'ils sont envoyés dans des missions étrangères, mais ils auront une vie de vêtements épanouis. Vous devez me prendre pour une folle ! »

Elle signe de son nom, « Hanna », sans rien ajouter.

On est pareils, Hanna et moi, enfermés et rêvant d'un monde extérieur inaccessible.

Dans ma vie, j'ai fait pas mal de choses moches dont j'ai vraiment honte. Après la mort d'Andy, j'ai complètement vrillé. Même l'amour de ma grand-mère n'a pas réussi à me retenir. Maintenant, à travers les lettres d'Hanna, je commence à envisager les choses différemment. Je me dis que le destin m'a placé dans cet enfer exprès. Pour que je sois là, à cet instant précis, pour correspondre avec cette fille.

Peut-être que, de ma prison d'acier, je pourrai atteindre sa prison de verre et l'aider à la briser. Cette pensée m'occupe une bonne partie de la journée. J'y pense pendant la corvée de blanchisserie, à la bibliothèque, au réfectoire, à la promenade. Le soir dans mon lit, j'y songe encore.

Soudain, par la fenêtre ouverte, entre les barreaux, une petite fleur séchée rouge vient tomber dans ma cellule. Un peu de pourpre dans ce flot d'orange.

Je me lève pour la ramasser. Dieu seul sait d'où elle vient et comment elle s'est retrouvée là. Mais soudain je sais. Je sais comment je vais aider Hanna.

Je m'empare de mon crayon, d'une feuille de mon bloc-notes et je commence à écrire frénétiquement :

« *Chère Hanna...* »

6

Hanna

5 mars

« Chère Hanna,

Cette fleur est entrée dans ma cellule et m'a apporté un peu de beauté. Je me suis dit qu'elle pourrait vous rendre le même service.

C'est une sensation vraiment étrange. Je me sens à la fois si proche de vous, et si loin. Nos vies n'ont rien à voir, mais nous partageons la même douleur.

Hanna, j'aimerais que vous fassiez quelque chose pour moi. Quelque chose pour nous deux. Quand vous vous sentirez prête, allez jusqu'à la Tamise et lancez cette fleur dedans.

Zach »

C'est ça ! Et ensuite j'irai au premier concert de hard rock que je trouverai et je me jetterai dans la foule. Non, j'irai sur le Golden Gate assister à un feu d'artifice.

Bah tiens. Et puis quoi, encore ? Zach est cinglé. S'il pense qu'une simple fleur me fera sortir de chez moi, il est à côté de la plaque. Ils ont dû mettre des champignons étranges dans leur omelette, à Rikers, je ne vois que ça.

Bien sûr que j'ai souvent eu envie de sortir d'ici, de tourner la clef dans la serrure et d'aller me promener. Enfiler l'une des trente paires d'escarpins que j'ai commandées sur le Net lors de mes nuits de déprime et qui, depuis, prennent la poussière dans leur boîte, empilées au fond de mon placard. Aucune tentative ne m'a permis de franchir le seuil. Lever la main vers la poignée me donne déjà des sueurs froides.

Comme pour me ramener à la réalité, la sonnette de mon appartement retentit. Mon psy, pile à l'heure.

Le docteur Moore s'installe sur mon canapé. Comme toujours, il ne dit presque rien, et m'écoute parler. Je lui raconte Zach, sa lettre.

— C'est un détenu. Je ne sais même pas ce qu'il a fait !

Je sens bien que je suis agressive. Les lettres, c'était son idée. Je me suis lancée, et il n'y a pas de retour en arrière possible, maintenant.

Pourtant, je dois bien admettre que mes échanges avec Zach me sortent d'une routine que j'accepte de plus en plus mal, sans pouvoir m'en défaire pour autant.

— C'est important ? me demande-t-il.

— Ça pourrait être un meurtrier !

Mais on sent bien, au ton de ma voix, que je ne suis pas convaincue.

— Les gens sont bien plus que leurs pires erreurs, Hanna. Quoi qu'il soit, cela l'empêche-t-il de vous apporter quelque chose ? Vous semblez lui parler, à lui, ce qui de mon point de vue est un élément positif.

Il commence à me chauffer sérieusement !

— Je vous parle, à vous !

— Seulement de choses anodines. Vous me donnez des bribes d'informations sur votre quotidien en espérant que ça me satisfasse, que je ne creuse pas plus loin. J'ai l'impression que vous avez plus avancé en quelques lettres avec Zach qu'en deux ans de thérapie avec moi, dit-il d'un ton neutre, dénué de reproche.

Il ne se met pas en colère, il contemple simplement l'étendue du désastre sidéral qu'est devenue ma vie.

— Tout à fait. Je me demande bien pourquoi je vous paye.

Si j'espérais le vexer, c'est raté ; au contraire, un sourire s'épanouit sur ses lèvres.

— Bonne question. Je vous laisse y réfléchir pour la semaine prochaine, même heure.

— Et je dois vous rédiger un essai de cinq pages avec thèse-antithèse-synthèse sur la question ?

— Ce serait une manière intéressante d'envisager la thérapie…

— Vous plaisantez ?

— Oui. Humour de psy. Bonne soirée, Hanna.

Après son départ, je commence par tourner en rond pendant une heure. Puis je regarde la poubelle qui déborde dans la cuisine. Je l'attrape, la ferme. Puis je fixe des yeux la porte d'entrée.

La fleur de Zach à la main, j'ouvre lentement le battant. J'ai l'impression que mon cœur veut sortir de ma poitrine, et cette sensation s'amplifie au fur et à mesure que je scrute le couloir désert.

Lorsqu'un bruit retentit quelques mètres plus loin, je referme la porte précipitamment et m'effondre contre celle-ci en tentant de contrôler ma respiration, comme le docteur Moore me l'a appris.

C'est les mains encore tremblantes que je saisis une feuille et un stylo.

« *Cher Zach…* »

7

Zach

14 mars

J'ai enfin été transféré dans une cellule ordinaire. Mon voisin de plumard s'appelle Jimmy, il est plus con que méchant. *Dieu merci, il ferme sa gueule la plupart du temps.*

Sûrement parce qu'il a compris que quand il l'ouvre il a l'air d'un blaireau. Quand il la ferme aussi, d'ailleurs, mais moins.

Il est tombé sur une des lettres d'Hanna – alors qu'elles étaient bien planquées sous mon matelas, mais bon, passons ! – et m'a saoulé jusqu'à ce que je lui raconte toute l'histoire, en renâclant. Il a passé une heure à imaginer à quoi pouvait ressembler Hanna. À voix haute. J'avais une envie folle de le castrer – ce qui n'aurait pas été une grande perte pour l'humanité, ni pour la gent féminine –, mais j'ai pensé à la libération anticipée pour bonne conduite, que je vise, et je me suis contenté de mettre mon oreiller sur ma tête pour étouffer son timbre nasillard.

Cela dit, aujourd'hui, il est presque supportable, parce qu'il est revenu dans notre cellule avec une lettre d'Hanna.

« Cher Zach,

Je ne sais plus qui a dit : "Qui n'a pas au moins une fois essayé ne sait pas ce qu'il peut." Eh bien, je peux vous dire sans mentir que j'ai essayé. Tentative non couronnée de succès, hélas ! Rien que l'idée de faire un pas hors de chez moi m'a donné des sueurs froides. Je voulais vraiment me battre cette fois mais, au lieu de ça, j'ai battu en retraite. Comme d'habitude. Je ne sais pas pourquoi, j'ai toujours été incapable de me battre pour moi-même. Je m'en veux beaucoup de ne pas avoir réussi. J'espère ne pas vous avoir trop déçu. »

Elle a peur de m'avoir déçu, *moi* ! Je lève les yeux sur ma fenêtre joliment décorée de barreaux.

Oh ! Hanna ! Comme si vous pouviez... Décevoir les autres, c'est ma spécialité. J'ai une très longue expérience dans ce domaine.

« C'est l'Ouroboros dans toute sa splendeur. Coincée pour l'éternité entre mes quatre murs. Dans mes mauvais jours, je me dis que je devrais simplement en prendre mon parti. Et dans les bons, je rêve des eaux bleues de la Méditerranée, si immenses qu'on en perd l'horizon de vue et qu'on a l'impression qu'elles finissent par se confondre avec le ciel.

Un jour, peut-être...

Hanna »

Je replie la lettre et la pose avec les autres, sous le matelas, quand la voix de Jimmy s'élève :

— Pourquoi elle sort pas, Hanna ?

Mais de quoi il se mêle, le tocard ?

— Parce qu'elle a pas envie de rencontrer des nazes dans ton genre.

Il m'ignore.

— Je vois pas ce que ça a de dur, franchement. Elle ouvre la porte et elle fait un pas dehors !

J'ouvre la bouche pour répliquer, mais je m'arrête. Malgré lui, il m'a donné une idée.

J'attrape mon bloc-notes et je commence à écrire.

« *Chère Hanna…* »

8

Hanna

21 mars

« Chère Hanna,

Vous ne m'avez pas déçu une seule seconde. Comment auriez-vous pu ? Essayer, c'est déjà formidable. Et je sais que vous allez finir par réussir. Je le sais. On a dit aussi : "Un long chemin commence par un premier pas." Vous voyez, mon codétenu m'a inspiré (malgré lui).

Ce que je veux dire, c'est qu'avant de sauter dans l'eau du lac, en été, ma grand-mère m'obligeait à me mouiller la nuque. Pour que mon corps s'habitue à la température avant le grand plongeon.

Peut-être que vous devriez faire juste un pas dans le couloir, pour que votre corps et votre esprit se réhabituent à l'extérieur. Un minuscule pas, histoire de vous prouver que vous ne risquez rien.

J'attends votre prochaine lettre avec impatience.

Zach »

La lettre de Zach, posée sur la table de ma cuisine, semble me regarder, plantée devant ma porte d'entrée fermée, mon sac de détritus à la main. Si elle pouvait émettre des sons, je suis sûre qu'elle m'encouragerait à la manière de ces pom-pom girls américaines. *Cette fois, je vais y arriver !*

Je prends une grande inspiration, ouvre le battant, puis expire aussi profondément que possible. En reprenant de l'air, je lève le pied droit et m'encourage mentalement. *Allez Hanna, juste un pas !*

Je pose mon pied droit dans le couloir. Mon prof de gym l'appelait « le pied d'appui ». Celui dont on se sert pour prendre de l'élan. Mais mon cœur ne l'entend pas de cette oreille, et m'envoie de nouvelles vagues d'angoisse. Celles-ci finissent par me submerger. *C'est trop, je ne peux pas ! Je n'y arrive pas.*

Je fais deux pas en arrière et referme la porte, hors d'haleine.

Plusieurs heures plus tard, ma poubelle pleine trône toujours dans mon entrée. Elle attend patiemment l'arrivée de mon facteur. J'ai jeté l'éponge, je n'y parviendrai jamais.

Machinalement, je sors les cinq livres que je lui donne chaque semaine pour ce service.

Quand il monte, nous discutons un moment. J'ai le plus gentil facteur du monde, alors j'en profite. Je lui raconte ma tentative ridicule pour sortir. Il regarde alors le billet de cinq livres que je viens de lui donner, puis le repose sur la console de l'entrée. Je le récupère et essaie de le lui rendre. Il secoue la tête en signe de dénégation et je proteste :

— Mais c'est votre argent, Paul !

— Hors de question, Hanna. Vous avez réussi à faire un pas vers votre libération, c'est énorme ! Avec cet argent, quand vous réussirez à sortir, vous vous achèterez un milk-shake pour vous récompenser.

— Je n'ai jamais bu de milk-shake.

— Je vous conseille celui à la fraise. Il est délicieux.

Et il s'en va, me laissant plantée là avec mon billet à la main.

Visiblement, je suis la seule personne à croire en ma totale incapacité à sortir de chez moi. Si je réussissais à positiver, comme Paul, comme Zach, peut-être que je pourrais dépasser ça. Peut-être que je pourrais sortir, rouler à vélo dans Hyde Park, manger un burger de chez McDonald's en me baladant dans Kensington Gardens, voir une expo au Victoria & Albert Museum, m'amuser avec les statues de cire chez Madame Tussauds. Vivre, enfin, quitte à me brûler les ailes, et ne pas me contenter de survivre dans ma cage de verre.

Je referme la porte, en m'assurant de l'avoir bien verrouillée, je m'installe à mon bureau, et je commence à écrire.

« *Cher Zach...* »

9

Zach

29 mars

Dans la cellule d'à côté, un gars que je n'ai jamais vu chante du Johnny Cash.

I hear the train a comin'
It's rollin' 'round the bend,
And I ain't seen the sunshine
Since, I don't know when[1].

Les taulards adorent Johnny Cash. Moi, j'ose pas vraiment le dire, mais je préfère les Dixie Chicks.

Un instant, je me demande si notre juke-box sur pattes pourrait me chanter quelques couplets de *The Long Way Around*, mais je renonce.

Le Porc a encore fait des siennes hier. Un gars du bloc E l'a insulté. Lui, sa maman porc et toute sa

1. « J'entends le train arriver, / Il suit la courbure des rails. / Je ne me souviens plus depuis combien de temps, / Je n'ai pas vu la lumière du soleil. » (*Folsom Prison Blues,* Johnny Cash)

porcherie. Aujourd'hui, le type est à l'infirmerie et il ne pourra plus avaler que de la bouillie pendant un certain temps. Évidemment, officiellement, personne n'a rien vu. Le détenu a dû tomber dans les escaliers. Après tout, ils ne sont pas très futés, ces détenus, ils peuvent bien s'emmêler les pieds. Ou même chercher à passer un moment à l'infirmerie en se jetant volontairement dans les marches. Nous ne saurons probablement jamais qui a fait le coup. Il n'est pas bon d'être à la botte d'un maton à Rikers... Mais l'ordre venait de ce salopard, ça ne fait aucun doute pour personne.

Je sais pas comment je réussis à résister à l'envie de lui balancer mon poing dans la figure quand il se pavane devant nos cellules avec son petit air suffisant. Il savoure son petit pouvoir. Faire tabasser qui il veut par des types qui n'ont plus rien à perdre. C'est à se demander qui mérite le plus d'être en prison.

Enfin si, je le sais. La durée de ma peine est directement liée à ma capacité à me contrôler. Je me répète « six ans » en boucle lorsque mes doigts me démangent. Et puis, même si je le hais, c'est lui qui distribue le courrier. Et comme il me jette une lettre d'Hanna, je me force à ne pas lui balancer des choses au visage.

Lorsque j'ouvre l'enveloppe, un billet de cinq livres en tombe. J'avais jamais vu d'argent anglais. La mocheté dessus, ça doit être la reine. J'ai jamais compris pourquoi ils tenaient tous à mettre leur tronche sur un billet. Si encore ils avaient la gueule de Clooney, OK – ma grand-mère trouve que c'est l'homme le plus beau du monde et on ne contredit jamais sa grand-mère… du moins, pas la mienne ! Mais là, franchement…

J'en parle à Jimmy, qui a une théorie. Selon lui, c'est pour s'assurer que l'économie reste florissante : si les billets étaient trop beaux, on voudrait les garder comme objets d'art, en faire collection, et donc on ne les dépenserait pas. « Et voilà, messieurs-dames, comment on fait couler l'économie. »

Je suis plus que moyennement convaincu. Surtout que cet abruti s'est fait arrêter pour avoir fabriqué des faux billets, imprimés sur une ramette de papier achetée chez Target. *Y a pas à dire, c'est vraiment un champion, celui-là.*

J'envisage de lui demander s'il considère que ce qu'il a fait est du trafic d'œuvres d'art, mais je m'abstiens. Ne jamais réveiller l'imbécile qui dort.

À la place, je glisse le billet sous mon oreiller et j'ouvre la lettre d'Hanna.

« Cher Zach,

Hier, j'ai réussi à poser le pied droit dans le couloir. Pas le gauche, juste le droit. Pour me récompenser, Paul, le facteur, a refusé de prendre son pourboire de cinq livres.

Comme c'est en grande partie grâce à vous que j'ai réussi, j'ai trouvé juste de vous envoyer ces cinq livres, cadeau de remerciement. »

Sympa. *Les dealers de cigarette n'acceptent sûrement pas les livres sterling mais j'apprécie le geste.*

J'accroche le billet au mur avec un morceau de patafix gracieusement offert par Jimmy. La reine me regarde avec un air désapprobateur. Je lui envoie un baiser. Je parie qu'elle n'a jamais été embrassée par un taulard.

« Je n'ai pas encore trouvé le courage d'aller jusqu'à la Tamise. La fleur est posée bien sagement sur le rebord de ma fenêtre, attendant que j'aie la force de m'y rendre.

Depuis que mon agoraphobie a commencé, un pas dans le couloir, c'est le plus loin que je sois jamais allée. C'est une maladie étrange que j'ai là. Les gens normaux se lèvent, vont au boulot, déjeunent avec un ami, vont au bowling, au cinéma.

J'attendais avec impatience la sortie du dernier Star Wars. J'avais l'habitude de les regarder avec mon père. J'ai dû patienter quatre mois qu'il sorte en DVD.

Je sais que, pour quelqu'un comme vous, qui est enfermé contre sa volonté, ça doit sembler ridicule. J'ai pourtant l'impression que vous me comprenez.

Il y a bien des milliers d'expériences que j'aimerais vivre... Par exemple, aujourd'hui, je me suis rendu compte qu'en trente ans je n'avais jamais bu de milk-shake. Je pense à toutes ces choses qui semblent naturelles et que je n'ai jamais faites, je me demande si je les accomplirai un jour. »

Je me dis, moi, qu'il faut faire les choses dont on a envie, tout de suite, parce que la seconde d'après il peut être trop tard.

Je m'installe sur mon lit et, tout en écrivant à Hanna, je me mets à chanter :

She needs wide open spaces
Room to make her big mistakes
She needs new faces[1]*...*

1. « Elle a besoin de grands espaces, / De place pour commettre ses grosses erreurs. / Elle a besoin de voir de nouveaux visages. » (*Wide Open Spaces*, Dixie Chicks)

10

Hanna

8 avril

« Chère Hanna,

Merci pour le billet de cinq livres et pour la lettre.

Si vous venez un jour aux États Unis, je vous conseille les milk-shakes de chez Poppy's. À Houston. C'est un petit diner qui ne paie pas de mine, bloqué entre deux bâtiments croulants, et Tammy, la propriétaire, l'a tapissé de photos de David Hasseloff (ne me demandez pas pourquoi, Tammy a une véritable fascination pour lui. Hooked on a feeling tourne sans arrêt dans son juke-box, c'est à vous rendre dingue). Mais elle fait les meilleurs milk-shakes à la fraise que j'aie mangés. Ma grand-mère me répète sans cesse qu'on "boit" un milk-shake, on ne le mange pas, mais pour moi ça se mange. C'est comme ça.

Mais je ne vous écris pas pour vous parler de milk-shakes. Je sais que vous pourriez me rétorquer que les conseils d'un prisonnier américain ne doivent pas valoir grand-chose, même pour les milk-shakes.

Quand je vous lis, vous et votre souffrance, je ne peux pas m'empêcher de penser à ma vieille chaudière. Dans l'arrière-cour, chez ma grand-mère, il y avait une machine dont le rôle était de chauffer toute la maison, et comme elle est faite principalement de planches en bois disjointes, c'était pas une mince affaire. Elle tournait impec', et puis un jour, il y a eu une pluie de grêle. Tellement forte qu'on se serait cru dans un des films catastrophe qui tournent en boucle sur les chaînes télé de seconde zone. Elle a fait pas mal de dégâts : les récoltes des fermes voisines étaient mortes, le maïs était couché. Bref, la catastrophe.

C'était en juillet. Quand l'hiver est arrivé, on a rallumé la chaudière. Ma grand-mère a réglé le thermostat dans la maison et on s'est vite rendu compte que quelque chose clochait. Certains jours, il faisait tellement chaud qu'on se serait cru à Hawaï, d'autres fois le chauffage refusait carrément de se mettre en route, et on vivait en doudounes.

J'ai purgé tous les radiateurs, j'ai regardé à la chaudière, mais je ne voyais rien qui clochait, alors je suis allé à la ferme voisine pour demander de l'aide, et c'est le vieux Abe qui est venu. Il a fait le tour de la chaudière sans rien dire. Il ne l'a même pas touchée, et il est reparti sans prononcer un mot. Une heure plus tard, il est revenu avec une petite boîte. Il est entré dans la maison, et quinze minutes après le chauffage fonctionnait.

En réalité, un des grêlons avait touché le thermostat qui, depuis, faisait n'importe quoi parce qu'il n'arrivait pas à détecter la température. Il faisait *le yo-yo, et passait d'un extrême à l'autre. On ne s'en était pas aperçu tout de suite, on était trop occupés à réparer les vitres cassées par les grêlons. On n'avait pas vu le minuscule impact sur le thermostat.*

Parfois, Hanna, les gens sont comme la vieille chaudière de ma grand-mère. Il leur arrive une saloperie, un truc moche, alors ils réparent tous les dégâts visibles, vite et bien. Mais ils oublient quelque part un minuscule impact, jusqu'au jour où le chauffage cesse de fonctionner.

On peut réparer tous les dégâts physiques qu'on veut, l'âme, elle, elle n'oublie rien. Elle se souvient.

Alors je ne dis pas que vous êtes une vieille chaudière décrépite qui date de Mathusalem. Je dis que vous avez une fêlure quelque part, et qu'il va falloir la chercher et la réparer.

Réparez le thermostat, Hanna. Il fait trop froid chez vous !

Zach »

Je pose la lettre, les larmes aux yeux. J'ai froid depuis des mois. J'ai acheté une quantité astronomique de plaids sur Internet et je me promène en pull même en été.

Mon psy m'a parlé de carences et de tout un tas de trucs scientifiques que j'ai à peine compris. Que j'ai à peine écoutés, pour être honnête. Comme c'est le même psy qui veut que j'adopte un chien et que je prenne l'avion pour faire un petit voyage, je n'y ai pas prêté grande attention. Quoique, maintenant, j'écris à un prisonnier. Toutes ses idées ne sont peut-être pas à jeter.

Je comprends soudain que le froid vient de l'intérieur, pas de l'extérieur. Je suis comme la chaudière de sa grand-mère, quelque chose s'est fêlé en moi et le froid s'est introduit dans la brèche.

Alors je me dirige vers le mur, et je baisse le thermostat. Je récupère tous mes plaids et je les mets au dernier étage du grand placard de l'entrée.

J'appelle mon psy pour lui raconter l'histoire de la chaudière. Il écoute, patiemment. Il ne prononce pas un mot, seul son souffle au bout du téléphone me confirme qu'il est toujours là. Après un instant d'attente insoutenable, je le questionne :

— Alors, qu'en dites-vous ?

— L'hiver est peut-être fini, Hanna, mais les refuges animaliers sont tout de même désespérément en manque de couvertures pour leurs petits pensionnaires. Il y en a un à Birmingham. C'est à vingt minutes à pied de chez vous. Vous devriez leur en apporter quelques-unes.

Et voilà qu'il recommence avec ses idées bizarres !

— Vous êtes fou ? Je n'arrive même pas à sortir dans le couloir, et vous voulez que j'aille à pied dans la rue jusqu'à Birmingham ?

— Ils ont prévu du soleil toute la semaine, ce serait dommage de ne pas en profiter.

— Hors de question. On en parle demain.

— Je ne viendrai pas vous voir demain. Par contre, je vous attendrai au refuge de Birmingham, à 14 heures.

— Je n'y arriverai pas.

— Je suis sûr que vous pouvez le faire, au contraire. Je crois que ça vous fera du bien de venir et de voir…

— De voir quoi ?

— À quoi ressemblent de vrais barreaux.

11

Zach

16 avril

— Hey Zach ! Zach ! T'sais pas quoi ?

Je soupire en levant la tête. Jimmy à l'air d'avoir une salamandre dans le boxer tellement il se tortille. Un sourire d'excitation béat se peint sur son visage niais.

— Non, mais je sens que tu vas me le dire, Jimmy.

— Il paraît que la prison va ouvrir un nouveau programme pour qu'on puisse décrocher un diplôme.

— Super, tu vas enfin pouvoir apprendre à écrire autre chose que ton prénom !

J'adore taquiner Jimmy, c'est tellement facile.

Quand son visage poupin vire à l'écarlate et que ses lèvres commencent à trembler, je sais que je vais avoir droit à une scène. Je commence à le connaître par cœur. C'est ça de vivre dans la même piaule que lui H24. Et là, il oscille entre colère et vexation.

Un autre que lui aurait peut-être tenté de m'en coller une, mais il n'est pas comme ça Jimmy. Officiellement, c'est un non-violent, officieusement, c'est un trouillard à la musculature de coton-tige.

— T'es pas cool, mec.

— Tu es Jimmy-ritable, aujourd'hui.

— 'Tain Zach !

Il déteste que je fasse des jeux de mots avec son prénom, et moi ça me fait marrer. Il faut bien trouver de quoi se distraire entre ces quatre murs, sinon les journées sont longues. Remarque, même avec ça, les journées sont longues.

Faire enrager mon codétenu devrait être remboursé par l'Obamacare. Moi, ça me fait me sentir mieux direct. J'imagine déjà le slogan :

« Vous êtes fatigué et démotivé ? Vous vous sentez
triste et au fond du trou ?
Offrez-vous un Jimming-ball ! C'est comme
un sac de frappe, mais en mieux.
(Nous garantissons qu'aucun humain ni aucun animal
n'ont été torturés dans cette pub.) »

Il crispe ses petits poings le long de son corps, et, pendant un instant, il me fait penser à Andy. Mon irritabilité s'évanouit. Pire, je me sens coupable.

— Désolé, Jim, je suis d'une humeur de chien. C'est quoi ce programme exactement ?

— On ne te propose pas de faire médecine, mais ils te forment en artisanat, en littérature… Tu peux même faire du droit, si un jour t'as envie de passer dans l'autre camp.

— Sympa. Tu devrais t'inscrire !

— Tu t'inscrirais pas avec moi ?

— Pourquoi je ferais ça ?

— Ça te passerait le temps, entre deux lettres de ta copine.

— Hanna n'est pas ma copine.

— Une meuf qui t'envoie des lettres parfumées, c'est ta copine !

— T'as appris ça en regardant Oprah[1] ?

Jimmy ne répond rien. Une part de mon cerveau me dit que j'ai visé juste et que je vais enfin avoir la paix.

Mais c'est sans compter sur l'opiniâtreté du Jimmy-gnorant.

— Alors, c'est oui ?

— Oui pour quoi ?

— Le programme !

— Lâche l'affaire, Jimbo.

— Je veux pas y aller seul.

— Pourquoi ?

— Ça se passe dans l'aile sud.

— Et ?

— C'est le Porc qui dirige l'aile sud.

Ceci explique cela. Je me redresse, prêt à envoyer bouler Jimmy, mais je sens qu'il a vraiment envie d'aller à ce cours. Et il a beau être aussi con qu'une chèvre, ça reste mon codétenu.

J'ai toujours eu quelqu'un à protéger, ma grand-mère disait que j'étais systématiquement attiré par les chiens perdus et les oiseaux blessés. On voit où ça m'a mené… Il faut croire que je suis trop stupide pour avoir retenu la leçon, parce que j'accepte finalement d'accompagner Jimmy à ce putain de programme. Ils ont un cours de menuiserie. Ça a l'air pas mal, finalement. Son sourire s'épanouit et il me tend une lettre.

---

1. Oprah Winfrey, célèbre présentatrice américaine de talk-show.

— J'ai croisé le gars du courrier. Il m'a donné ça pour toi.

Je reconnais l'écriture toute en courbes d'Hanna sur l'enveloppe et l'arrache quasiment des mains de Jimmy qui siffle :

— T'es bien impatient de la lire, cette lettre de la fille-qui-n'est-pas-ta-copine.

Excédé, je lance une de mes chaussures en direction de sa tête. Il l'esquive en se marrant et je décachette l'enveloppe.

« Cher Zach,

TOUT ÇA, C'EST VOTRE FAUTE !

Bon, et celle de mon psy...

D'abord, je tiens à vous informer que la fleur que vous m'aviez envoyée a rejoint la Tamise. Elle devrait atteindre la mer du Nord d'ici peu, et après, qui sait où elle atterrira. Sur une île tropicale ou piégée dans un glaçon dans l'Arctique ?

Elle vivra sa vie de fleur voyageuse.

Je l'ai relâchée hier. Je l'ai vue flotter un moment et disparaître lentement à l'horizon, petit point rouge dans un flot bleu-gris. Après je suis rentrée chez moi en courant, je commençais à étouffer. C'est étrange cette impression d'asphyxie qui me saisit quand je sors enfin respirer l'air dehors... Un peu comme une sirène qu'on sortirait de l'eau.

Vous allez me demander comment j'en suis arrivée là, c'est une histoire à la fois simple et très compliquée. Simple car j'ai "juste" fait un pas dehors. Puis je me suis forcée à en faire un autre, puis un autre. Dans ma tête, chacun d'eux était le premier. Si je *m'étais mise à les compter, j'aurais fait demi-tour immédiatement.*

Mais c'était aussi incroyablement compliqué. Vous n'imaginez pas l'énergie que chaque mètre parcouru m'a demandée. Je ne pensais pas en avoir autant. J'essayais de rejoindre mon psy au refuge animalier où il m'avait donné rendez-vous. Il s'est mis en tête de me faire adopter un chien. Et il a également parlé de me montrer ce que sont de vrais barreaux... Bref, quoi qu'il ait voulu, aller jusque là-bas, c'était trop pour moi. Il a dû le comprendre, alors il est venu chez moi une heure plus tard, les mains pleines de Polaroids. Ce que j'y ai vu m'a donné envie de pleurer. Le regard de ces chiens, la détresse dans leurs yeux, ça m'a achevée. J'ai eu envie de faire quelque chose pour eux. De les sauver tous.

Mais comment les sauver, alors que je n'ai même pas le courage de me sauver, moi ?

Hanna »

Je lisse la lettre dans ma main. Ça, c'est une question à laquelle je n'ai aucune réponse. Je comprends qu'Hanna ait peur, et j'aimerais l'aider, même si pour le moment je ne sais pas trop comment. *À moins que...*

Je débouche mon stylo, et me mets à écrire.

« Chère Hanna... »

12
Hanna

22 avril

« Chère Hanna,

Grâce à vous, peut-être bien que cette fleur reviendra en Amérique, après avoir fait un petit tour par l'Inde, qui sait ? Ce serait bien qu'elle aille jusqu'au Texas. Elle voyagerait à ma place... Quoique... elle pourrait rencontrer un continent de plastique en traversant l'Atlantique et je ne voudrais pas qu'elle finisse dans ce genre d'endroit... Mais qui ne tente rien n'a rien, non ?

Aussi étrange que ça puisse paraître, je sais ce que vous avez vu sur ces photos. Parce que je le vois tous les jours ici. L'abandon, c'est notre lot quotidien. On n'est pas des anges, Hanna, mais si on est là, c'est qu'on s'est tous senti abandonnés à un moment, à tort ou à raison. On ne finit pas ici si on sait bien s'entourer.

On a tous une place dans le monde. On a tous quelque chose à offrir. Du bon, du mauvais.

On a tort de se dire que nos choix ne concernent que nous. Ils impliquent des gens qu'on ne connaît parfois *même pas. Vous ne pouvez pas continuer à prétendre que le monde extérieur n'existe pas.*

Il est là, derrière vos portes, derrière vos fenêtres, derrière vos murs, et il vous attend !

Zach »

Je pose la lettre de Zach sur la table basse. Lentement, je me lève et me dirige vers la fenêtre. Le soleil brille sur la Tamise. Des hommes d'affaires pressés se hâtent vers le métro. Un couple de personnes âgées se promène en se tenant la main. Ça m'a toujours émue de voir que les gens peuvent s'aimer à ce point après tant d'années. Les tours du quartier des affaires se dressent au loin, comme des tours de Babel essayant en vain d'atteindre le ciel. *Des milliers de dangers*, chuchote mon agoraphobie. *Des milliers de possibilités*, lui répond mon cœur.

J'inspire à fond, puis je pose mes deux mains sur la fenêtre. Et, cette fois, je l'ouvre.

13

Zach

1er mai

— Une lettre pour toi, Bowman !

Le gardien laisse tomber une enveloppe un peu plus épaisse que les autres au bout de mon matelas, et je me précipite pour l'ouvrir.

Une médaille pour chien qui a l'air d'avoir bien vécu tombe sur ma couette. Dessus, il est inscrit un seul mot : « Monkey ».

Circonspect, je la tourne et la retourne entre mes doigts avant de me plonger dans la lecture de la lettre d'Hanna qui l'accompagne.

« Cher Zach,

Il semble que j'ai repris ma place dans le monde, finalement. J'ai réenclenché le thermostat. Je ne suis pas sûre qu'il tiendra, mais, pour le moment, il ne faiblit pas.

Grâce à vous, j'ai compris que le froid que je ressentais à chaque instant ne venait pas de l'extérieur. Alors, j'ai fait un sac complet de plaids et je l'ai apporté au refuge animalier. Les premiers pas dans la rue, j'ai cru que j'allais défaillir. Comme lorsque je suis allée offrir une nouvelle vie à votre fleur dans la Tamise, trop d'oxygène entrait dans mes poumons d'un coup. Trop de soleil, trop de gens, trop de couleurs. J'avais la sensation d'entendre avec mes yeux, de voir avec mes oreilles. Alors je me suis assise sur un banc et j'ai attendu que le monde arrête de tourner. Ce qu'il a fait, au bout d'une vingtaine de minutes. Mes poumons se sont de nouveau remplis correctement. Je suis allée doucement jusqu'à Birmingham où mon psy m'attendait au refuge animalier.

Des bénévoles en polo rouge s'activaient dans les boxes. Les abandons vont bientôt atteindre leur pic annuel, les campagnes de prévention n'y changent rien. J'ai eu le coeur brisé par ce que j'ai vu : trois chiens par box de six mètres carrés, des grillages hauts, et le regard de ces animaux... Il y en avait de toutes sortes : des grands, des petits, des jeunes, des vieux, mais ils avaient tous le même regard malheureux. Ils avaient une famille et, maintenant, ils n'en ont plus. Ils attendent désespérément que leurs maîtres viennent les chercher. Soixante chiens désespérés, enfermés pour un crime qu'ils n'ont pas commis.

Certains jappaient, d'autres hurlaient à la mort, mais ceux qui m'ont le plus marquée sont ceux qui me regardaient en silence. Ils ne criaient plus, ils ne grondaient plus, ils attendaient, tout simplement. Ils attendaient de mourir.

Et puis soudain, je l'ai vu. Objectivement, il est vraiment laid. Ses poils hirsutes d'un brun terne poussent de manière anarchique. Il a été blessé suite à une bagarre entre chiens, il lui manque un bout d'oreille. Il ressemble à l'enfant bâtard d'un loup et d'un ornithorynque. Les bénévoles l'ont trouvé dans une benne à ordures derrière le zoo de Londres, d'où son nom, Monkey. J'ai eu un coup de foudre, je ne pouvais pas le laisser là.

Mon psy est ravi, les bénévoles sceptiques, il faut dire que Monkey n'est pas un enfant de choeur. Il a détruit plus de couvertures et de paniers en quelques semaines que certains pensionnaires du refuge en plusieurs années. La première chose qu'il a faite en arrivant dans mon appartement, c'est de manger toutes mes paires de chaussures. Seulement une chaussure sur deux, toujours la gauche, ne me demandez pas pourquoi.

Il a aussi une véritable passion pour Miss Marple. Quand l'émission passe à la télé, il lèche l'écran. Littéralement. Il dort sur mon lit. J'ai essayé de lui dire "non" mais il semble ne pas considérer ça comme une réponse valable.

Je lui ai fait graver une nouvelle médaille, alors je vous envoie l'ancienne.

Sur la nouvelle il y a écrit "Monkey" et derrière "Si vous me trouvez, appelez Hanna, 0820-621-312".

Ça fait du bien d'être responsable de quelqu'un d'autre que de soi-même. Il faut que je sorte, pour promener Monkey, je n'ai donc plus le choix, je fais de nouveaux pas dehors tous les jours. Je retournerai au refuge, de temps en temps. Comme bénévole cette fois.

On devrait nous dire plus souvent qu'aider les autres permet de se sentir mieux. Ça fait un bien fou.

Hanna »

Je tourne et je retourne la petite médaille dans ma main.

Je pique de la patafix à Jimmy et je l'accroche au mur, à côté de la reine Elizabeth à qui Jimmy a trouvé intelligent de dessiner une moustache pendant que je dormais. Ça donne un patchwork assez hétéroclite, mais je m'en moque.

J'adresse un clin d'œil à ma royale codétenue tandis que Jimmy se penche sur la médaille avec un air circonspect.

Je prends un papier et un crayon, et je commence à écrire.

« *Chère Hanna...* »

14

Hanna

7 mai

« Chère Hanna,

Jolie médaille. Je pense en commander une bientôt pour mon codétenu, Jimmy, avec une petite clochette. Histoire de l'entendre approcher.

Je suis content que vous ayez adopté Monkey, personne ne devrait finir sa vie derrière des barreaux !

Ne sous-estimez pas ce que vous avez fait pour lui, Hanna, en cinq minutes vous avez offert plus à ce clébard que l'ensemble des humains qu'il a croisés. Vous pouvez être fière de vous.

Quand j'ai été emprisonné, je me suis senti moins qu'un humain. Ce que les gens oublient, c'est que les taulards ont les mêmes rêves et les mêmes envies que les personnes libres. On a merdé quelque part, on a fait une erreur, et notre parcours a dévié. On était des hommes, avec nos forces, nos faiblesses, et quand on atterrit ici on n'est plus que des numéros d'écrou.

Vous avez sauvé Monkey, Hanna ! Certaines personnes disent que les animaux ne ressentent rien, moi je ne suis pas d'accord. Je crois qu'ils ressentent tout, parfois mieux que les humains. J'étais petit quand mes parents sont morts. Ma grand-mère nous a recueillis avec mon frère, sans jamais une plainte. Elle avait un chat, Tartine, couleur écaille de tortue, obèse. Avec Andy, on l'avait surnommé le "détecteur de tristesse". Quand ma grand-mère était triste, Tartine se transformait en pot de colle. Alors on se faisait tout petits et on était bien sages, pour pas en rajouter.

Finalement, Tartine est mort d'une crise cardiaque. À force de trop bouffer, c'est ce qui arrive.

Ma grand-mère n'avait pas versé une larme à la mort de mon père, son fils unique. Il avait fait pas mal de conneries, mais il restait su hijo, et elle l'aimait plus que tout.

Quand on a trouvé Tartine mort dans la véranda, elle l'a ramassé sans rien dire, et elle l'a bercé. Elle s'est mise à pleurer, alors mon frère et moi on est sortis dans le jardin. Andy était mon petit frère mais il a toujours été le plus futé de nous deux. Il a pris une pelle et a creusé un trou pour enterrer Tartine. Ensuite il a planté un magnolia au-dessus. Un peu comme un mémorial, la plus jolie des stèles, avec ses branches qui ploient sous le poids de ses grosses fleurs violettes.

Quand Andy est mort, ma grand-mère a planté un buddleia à côté de sa tombe. En juin, quand l'arbre fleurit, il attire tous les papillons des environs, on en oublie qu'on est dans un cimetière tellement c'est vivant.

Elle va s'asseoir sur sa tombe et elle lui lit de la poésie. Surtout Cummings[1]. Lors de leur mariage, mon grand-père lui a lu des vers de Cummings et depuis elle lui voue un culte. C'était un truc du genre :

Je ne crains pas le destin
Car tu es à jamais le mien, ma douce[2].

Mon grand-père était un employé d'usine. Il n'a jamais rien fait d'autre de toute sa vie. Elle, c'était une fille de bonne famille. S'ils étaient restés au Salvador dont ils étaient tous les deux originaires, ils n'auraient jamais pu être ensemble, mais la vie les a réunis à Houston au début des années 50. Deux émigrés. Il a mis un an à la convaincre de sortir avec lui. Il avait coutume de dire que Cummings avait grandement aidé.

Si un jour vous allez au Texas, passez voir ma grand-mère. Vous lui plairez, je crois. Elle vous accueillera avec le sourire, vous devrez manger un nombre incalculable de cookies avec un verre de lait au miel, et elle vous montrera le magnolia de Tartine.

Ça fait quatre ans que je ne l'ai pas vue.

De toutes les conneries que j'ai faites, la négliger a été la pire. À part celle qui m'a amené ici, bien sûr.

Hanna, vous ne me posez jamais de questions, jamais vous ne me demandez pourquoi j'ai pris six

---

1. Edward Estlin Cummings (1894-1962).
2. Extrait de *J'ai toujours ton cœur avec moi* (*I Carry You Heart With Me*), de Cummings, 1958.

ans ferme. Pourquoi ? Est-ce que vous vous en fichez ? Est-ce que vous le savez déjà ?

Je ne sais même pas à quoi vous ressemblez, Hanna, mais vous êtes la seule personne à qui je peux tout dire.

Zach »

Je repose la lettre de Zach, et ôte mes lunettes en me frottant les yeux. La nuit est tombée depuis longtemps sur Londres. Les lumières des lampadaires, immuables depuis l'époque victorienne, projettent sur les pavés des ombres inquiétantes. La Tamise coule, comme elle le fait depuis des siècles. Et pourtant, rien n'est pareil depuis que j'écris à Zach. Monkey ronfle et bave abondamment sur le tapis berbère hors de prix de mon salon. Hier, il a réussi à se détacher de sa laisse et j'ai dû lui courir après dans le parc en zigzaguant entre les passants. Je l'ai finalement rattrapé juste avant qu'il passe sous une camionnette. Il m'a vraiment flanqué la frousse, surtout qu'il avait filé jusque dans une rue commerçante de Notting Hill, bondée de magasins, de taxis et de touristes. Tous ces bruits, ces odeurs, ces gens qui me bousculaient… L'angoisse m'a submergée. Mais Monkey m'a sauté dessus, et la peur est passée.

Cette question de ce qu'il a fait pour finir à Rikers, j'ai failli la poser à Zach une bonne dizaine de fois. À chaque lettre, en fait. Mais quelque chose m'en a toujours empêchée. Zach est le seul ami que j'ai. Il m'aide plus que les anxiolytiques, l'hypnose, et plus que toutes les séances de thérapie ne l'ont jamais fait. Si je sais ce dont il est coupable, et que c'est quelque chose d'horrible, je ne pourrai peut-être plus jamais le regarder de la même manière.

Je fais tourner mon stylo entre mes doigts comme un bâton de majorette. J'attrape une des feuilles de papier à lettres que j'ai achetées à la papeterie du coin et je me mets à écrire :

« *Cher Zach…* »

15

Zach

13 mai

« Cher Zach,

Il y a cinq ans, je roulais en voiture sur une route de campagne. Je rentrais d'une soirée de Noël dans l'Oxfordshire. La radio diffusait une vieille chanson des années 80. Je ne me souviens même plus laquelle c'était.

Il faisait froid, alors j'ai mis le chauffage à fond. J'avais troqué mes talons hauts contre des UGG grises et je chantonnais en roulant. J'avais posé un plaid en fourrure que je venais d'acheter à côté de moi sur le siège passager. La nuit arrivait, et la pluie s'est mise à tomber en fines gouttes, alors j'ai enclenché les essuie-glaces. J'étais pressée d'arriver chez moi pour me mettre au chaud. C'est la seule chose à laquelle je pensais lorsqu'une voiture est arrivée face à moi. J'ai compris tout de suite que je ne pourrais pas l'éviter. Ma dernière pensée consciente a été "Accroche-toi". Puis le monde a explosé.

Le corps humain est fascinant, Zach. Au moment de l'impact, mon cerveau s'est coupé. Il s'est réenclenché quelques minutes plus tard. Je me souviens de la sensation de froid. J'ai pensé que la grêle s'était mise à me tomber dessus, avant de réaliser que c'était des morceaux du verre de mon pare-brise qui se détachaient les uns après les autres, et tombaient sur moi comme des petits diamants. J'ai regardé mes mains, elles étaient couvertes de sang. J'ai mis quelques secondes à me rendre compte que c'était le mien.

Alors mes pensées ont arrêté de tourbillonner et la seule chose à laquelle j'ai songé, c'était qu'il ne fallait pas que je m'endorme. Quelque chose en moi, la chose qui se débattait pour vivre, me hurlait que si je m'endormais je ne me réveillerais pas. Alors j'ai commencé à me le répéter comme un mantra : "Ne t'endors pas, ne t'endors pas, ne t'endors pas !"

Les secours sont arrivés, et la seule chose que j'ai réussi à leur dire, c'est : "Ne me laissez pas m'endormir. S'il vous plaît, ne me laissez pas dormir."

Ils ont posé quelque chose sur moi. Un moment j'ai cru que c'était un drap parce que j'étais morte, vous savez, comme dans les films policiers. Puis j'ai compris que c'était le plaid que je venais d'acheter, et qu'ils essayaient de me protéger le visage pendant qu'ils découpaient le toit de ma voiture pour me sortir de là.

Dans l'ambulance, j'ai senti qu'ils me branchaient de partout, puis des piqûres, comme des piqûres de moustique, dans mes deux bras. J'avais du mal à respirer. J'ai appris plus tard qu'un de mes poumons s'était rempli de liquide pendant l'accident. Ils m'avaient mise sous morphine, mais en passant ma langue sur mes lèvres éclatées j'ai senti qu'une partie de mes dents avait été emportée.

Le lendemain, j'ai réalisé l'ampleur des dégâts.

Au début, ils ont réparé ce qui était physique : ressoudé ma clavicule, régénéré mon foie, recollé mon poumon, mis des implants dentaires.

Mais quelque chose s'était cassé à l'intérieur de moi. J'avais souvent peur. Je ne me supportais plus physiquement, j'étais une sorte de patchwork.

Alors, progressivement, j'ai arrêté de sortir. J'ai commencé par ne plus sortir la nuit, puis plus quand il pleuvait. Comme je vis à Londres, j'ai fini par ne plus sortir du tout. Après tout, pourquoi s'imposer une situation stressante ou embarrassante quand on peut y échapper ?

Voilà comment on devient prisonnière de soi-même. Mes parents m'ont laissé un héritage important, je gagne très bien ma vie comme traductrice free-lance, j'ai "les moyens", comme on dit, mais j'ai si peur que je ne peux rien faire de cet argent. Je ne vous ai jamais demandé ce que vous aviez fait, Zach, parce qu'on commet tous des erreurs. Un seul mauvais choix peut ruiner toute une vie.

Je ne veux pas savoir ce que vous avez fait. Le Zach d'avant ne m'intéresse pas. Je choisis de me concentrer sur celui de maintenant, sans condition.

J'ai retrouvé le poème de Cummings dont vous m'avez parlé. Je comprends pourquoi votre grand-mère a épousé votre grand-père sans poser de question. Le voici :

"J'ai toujours ton coeur avec moi
Je le garde dans mon coeur
Sans lui, jamais je ne suis
Là où je vais, tu vas ma chère
Et tout ce que je fais par moi-même,
Est ton fait, ma chérie.
Je ne crains pas le destin
Car tu es à jamais le mien, ma douce.
Je ne veux pas d'autre monde
Car, ma magnifique,
Tu es mon monde, en vrai.
C'est le secret profond que nul ne connaît.
C'est la racine de la racine,
Le bourgeon du bourgeon
Et le ciel du ciel d'un arbre appelé Vie
Qui croît plus haut que l'âme ne saurait l'espérer
Ou l'esprit le cacher.
C'est la merveille qui maintient les étoiles éparses.
Je garde ton coeur, je l'ai dans mon coeur."

Hanna »

Une boule obstrue ma gorge. *Hanna, fichue petite Anglaise ! Ici, on ne peut pas laisser libre cours à ses émotions ou on devient vite la petite pute de quelqu'un.*

Maintenant je me souviens de l'intégralité du poème. Je revois ma grand-mère assise toute droite sur le vieux banc en bois du jardin, sous l'arbre à papillons, avec son vieil exemplaire des poèmes de Cummings, usé à force d'être manipulé.

Jimmy m'observe depuis sa couchette, espérant que je lui lise la lettre d'Hanna. *Peine perdue, mon pote. Elles sont à moi, les lettres d'Hanna.* Je vois son regard de chien battu et je réalise qu'il n'a reçu ni visite, ni lettre, ni coup de téléphone depuis qu'on est enfermés ensemble, alors je m'éclaircis la gorge et je commence à lire :

— « J'ai toujours ton cœur avec moi… »

16

Hanna

20 mai

« *Chère Hanna,*

Vous m'avez dit que nous ne nous limitons pas à la somme de nos erreurs et j'aime cette idée. Je suis certain, par contre, que chaque coup que l'on reçoit laisse une trace, indélébile et invisible, sur nous. Les cicatrices sont la preuve que nous sommes plus forts que ce qui a essayé de nous blesser.

Vous êtes forte, Hanna. Regardez les progrès que vous avez faits en quelques semaines : vous êtes sortie de votre appartement, ce que vous n'aviez pas fait depuis longtemps, vous avez adopté Monkey, vous avez jeté cette fleur que je vous ai envoyée dans la Tamise !

Je n'osais pas trop vous le demander jusque-là, mais si vous pouviez me rendre un petit service, ce serait vraiment sympa de votre part. Il y a un endroit à Londres où j'ai toujours voulu aller, c'est dans cette grande roue immense, celle qui surplombe la Tamise et d'où on voit toute la ville. Je me dis que de là-haut, on doit se sentir le roi du monde, non ?

J'aimerais bien que vous montiez dans cette roue pour moi, et que vous m'envoyiez une photo de la vue une fois au sommet.

Étant donné que j'ai encore six ans à tirer, et qu'après ça je serai sûrement privé de voyages pendant un moment puisque je devrai pointer régulièrement auprès de mon futur meilleur ami le contrôleur judiciaire, et que de toute manière New York/Londres, c'est pas donné, je ne suis pas près d'apercevoir ce paysage par moi-même. Mais je le rêverai à travers vous.

J'ai oublié de vous dire merci pour le poème. Maintenant, je peux me passer la scène complète dans la tête : mon grand-père qui lit le poème à ma grand-mère, ma grand-mère qui le lit à Andy. Comme une chaîne d'amour ininterrompue.

Je n'avais pas réalisé avant qu'Andy meure, mais la douleur, c'est quelque chose de solitaire. Tout vous fait mal : manger un hamburger, prendre votre douche, aller au travail... La douleur ne vous quitte pas, on ne supporte pas l'absence, le silence est pire que les hurlements. Mais le plus monstrueux encore, c'est qu'on oublie. Un jour, sans réaliser, on éclate de rire, et pendant une minute on oublie qu'il n'est plus là. Et ensuite l'absence vous saisit, au milieu d'un éclat de rire, et vous vous sentez coupable d'être heureux.

Ma grand-mère a une théorie là-dessus. Elle pense qu'à chaque fois qu'on rit, les rires montent jusqu'aux cieux et réchauffent le coeur des absents. Alors, il ne faut pas se sentir coupable.

Je songeais à passer mon diplôme de menuisier quand j'étais jeune, bosser le bois m'a toujours détendu.

Mais j'ai déconné et je n'ai jamais fini mon cursus. Ici, ils proposent de suivre une formation, je comptais pas la faire, mais après tout, pourquoi pas, si je dois tirer six ans, autant les occuper intelligemment. »

Pour la première fois, j'imagine Zach. Plus précisément ses mains. J'ai toujours adoré les mains d'un homme, c'est la première chose que je regarde. Je trouve que cette partie du corps nous en dit beaucoup sur la personne à qui elle appartient. Leur douceur, ou au contraire leur force, est un signal plus fiable que des mots pour savoir qui vous fait face.

J'imagine celles de Zach, de grandes mains calleuses, bronzées, clouant un arceau au-dessus d'une porte d'entrée, fabriquant une cabane dans un arbre pour ses enfants.

Le visage de Zach reste dans le flou, mais c'est un flou souriant. Quand j'imagine Zach, il sourit toujours.

Zach est un porteur de lumière, c'est comme ça que je le vois. Mon aura à moi, elle est d'un gris terne, mais la sienne doit être brillante, éclatante. Je ne le connais que par ses mots, mais ce sont des mots qui donnent chaud, qui rassurent. Lire une lettre de lui, c'est comme si quelqu'un vous tenait bien serré contre lui. Et ne vous lâchait pas.

Je poursuis ma lecture :

« J'ai envie de faire quelque chose de bien du reste de ma vie. J'ai fait du mal à des tas de gens, alors si je pouvais réparer, ne serait-ce qu'un peu, ça serait déjà

ça, non ? Même si ce n'est que du bois, que des choses matérielles. Pas des âmes.

Zach »

Je crois qu'il se trompe, Zach est doué pour réparer des tas de choses. Moi, par exemple.

Je m'empare de mon ordinateur. Il veut monter dans Big Eye. *Va pour Big Eye, alors…* Je farfouille dans les tiroirs de ma commode et en extirpe un petit Nikon rose vif, que je fourre dans mon sac en cuir en bandoulière.

Cette fois je ne peux pas emmener Monkey, les chiens ne sont pas admis dans le London Eye. C'est la première fois que je sors de chez moi sans lui depuis que je l'ai ramené du refuge. Je fais de mon mieux pour ignorer ses petits yeux suppliants. J'ai envie de faire marche arrière, mais je ne peux pas, je ne veux pas laisser tomber Zach. En même temps, c'est un énorme pas en avant : London Eye, c'est la foule, la longue file d'attente, les bousculades. Et sans Monkey pour me rassurer, je ne suis pas sûre de tenir le coup. Si j'échoue, je risque de retomber dans l'extrême inverse, et me terrer à nouveau chez moi *ad vitam aeternam.*

Je suis habillée, prête, mais mon courage, lui, me lâche petit à petit. Alors je m'assieds sur le canapé et je scrute la porte d'entrée, essayant de maîtriser mon angoisse.

17

Zach

7 juin

— Waouh !

Cette exclamation admirative vient de mon fidèle chien de garde, Jimmy, penché par-dessus mon épaule, ce qu'il s'obstine à faire en toutes circonstances : quand je me rase, quand je lis une lettre d'Hanna, quand je travaille à l'atelier. Je le soupçonne même de le faire pendant mon sommeil, mais bien sûr je ne peux pas le prouver. Il gravite autour de moi comme un électron autour de son noyau, même si je lui ai répété cent fois à quel point j'avais horreur de ça.

Puisqu'il semble avoir décidé de me coller comme une moule sur son rocher, je me suis inscrit à son foutu programme. Ébénisterie. Je vois bien que le prof a peur que Jimmy finisse par se scier un doigt vu sa dextérité d'épouvantail, et, pour tout dire, je ne suis pas rassuré non plus, mais, tant qu'il reste loin de moi avec ses objets tranchants, je le laisse se débrouiller. Je ne sais pas trop si je l'ai fait pour qu'il s'occupe ou pour faire quelque chose de productif, pour une fois dans ma vie.

Je souffle sur mon travail pour enlever la sciure qui reste accrochée à la petite statuette en bois que je sculpte quand je finis en avance les missions qu'on nous confie, et qu'il me reste un peu de temps à tuer à l'atelier. Je n'arrive pas à déterminer si je vais en faire un âne ou un chien. Ce n'est pour l'instant qu'une ébauche grossière : quatre pattes et une forme indistincte dans du merisier.

Je penche la tête. *Ce sera un chien.* Comme celui d'Hanna.

Les taulards du bloc C font leur entrée dans l'atelier, signe qu'on va bientôt devoir céder la place.

Le prof bénévole, un ancien ébéniste, regarde mon travail avec un air appréciateur. Pas ma statuette bien sûr, mais le résultat de ce qu'il nous apprend depuis plusieurs jours. Il me tape sur l'épaule, visiblement satisfait. Il peut, je viens de terminer de fabriquer une fenêtre sur mesure de A à Z, avec son encadrement, pour une famille friquée de l'Upper West side. Elle sera facturée un prix exorbitant dont je ne toucherai même pas un petit pourcentage. C'est comme ça ici, on paye notre dette à la société dans le sens le plus littéral du terme.

Et puis, ça m'occupe. Presque trois semaines sans lettre d'Hanna, j'ai l'impression de devenir dingue. J'ai envie de lui écrire, mais j'ai peur de passer pour un harceleur. Je suis déjà un bagnard, je ne veux pas l'effrayer encore plus. J'ai peur de l'avoir poussée trop loin, peur qu'elle m'en veuille, peur qu'elle m'oublie. Peur qu'elle aille mal surtout, qu'elle se soit de nouveau retranchée chez elle, porte close parce que je lui en aurais trop demandé. Et si elle ne m'écrivait plus ? Si elle disparaissait de ma vie comme elle y est entrée, sans même un au revoir… ?

J'attrape l'aspirateur de chantier qui orne le coin de la pièce et je commence à tout nettoyer.

Frotter, encore et encore, pour oublier cette lettre qui ne vient pas.

18

Hanna

3 juin

Le résultat de ce qui se passe lorsque ça ne va pas s'étale sous mes yeux. Mon psy m'a expliqué que notre corps finit toujours par trouver le moyen d'évacuer la frustration qu'on emmagasine peu à peu. Et qu'il vaut mieux lui fournir le moyen de l'apaiser régulièrement que la canaliser et en arriver à des extrêmes dont le résultat ressemble à ce que je contemple actuellement. *Comme quoi, il ne raconte pas toujours n'importe quoi...*

Un coussin gît sur le sol, éventré. La lampe du salon, celle que j'aimais tant, désormais brisée, a répandu dans son sillage une centaine de petits éclats de verre qui brillent comme des morceaux de givre sur le parquet sombre.

La petite étagère qui contenait toutes les œuvres de Shakespeare, celles que j'aime lire encore et encore, est vidée, les livres sont éparpillés tout autour de la table de la salle à manger, on dirait une réaction en chaîne de dominos. Heureusement, mon ordinateur, celui grâce auquel je travaille, a échappé au carnage. Je ne sais pas comment j'aurais fait dans le cas contraire.

Je ne m'attendais pas à ça. *Je pensais que tout allait bien se passer…* J'aurais dû écouter le conseil de Zach : y aller pas à pas.

Monkey me regarde depuis son panier. Est-ce de la peur que je lis dans ses yeux ? Me craint-il ? Il y aurait de quoi après ce carnage. Mais il ne devrait pas. J'ai toujours été incapable de faire du mal à quiconque. Hormis à moi-même.

J'ai cru que le plus dur était derrière nous, que nous pouvions passer à l'étape suivante. Mais ce n'était de toute évidence pas le cas.

Dans la cuisine, un vase renversé laisse s'échapper un bouquet de pivoines roses qui baignent dans leur eau. Des pétales flottent sur la flaque ainsi créée, comme des petits bateaux pastel qui vogueraient sans but.

Je fronce les sourcils devant l'ampleur du désastre.

Je me passe une main sur le front, en essayant d'évacuer la boule d'angoisse qui s'accumule dans ma gorge.

Partout où mon regard se pose, tout est déchiré, retourné, dévasté.

Mes mains tremblent, alors je les enfonce bien profondément dans mes poches arrière de jean et me force à respirer calmement. Je prends de grandes inspirations en laissant mon ventre se gonfler, puis expire le plus lentement possible.

19

Zach

10 juin

Je suis à l'atelier, je viens de passer une heure à poncer une porte aux ornements compliqués quand mon codétenu entre dans l'atelier. Je vois les lèvres de Jimmy bouger, mais je suppose qu'il dit de la merde, comme d'habitude, alors je n'y prête pas attention. Il me débite tout un laïus sur un article à la con qu'il a lu dans *Vanity Fair* – Sérieusement, il lit *Vanity Fair ?* –, que je n'entends qu'à moitié parce que je passe l'aspirateur en même temps. Mais tout change lorsqu'il brandit une enveloppe ornée d'une écriture ronde que je reconnaîtrais entre mille.

J'en lâche l'aspirateur qui ondule à terre comme un crotale diamantin, avant d'appuyer en toute hâte sur le bouton stop.

— Putain Jimmy, t'aurais pas pu le dire tout de suite ?

Mon codétenu se marre.

— Mec, t'es vachement à cran, tu devrais te procurer un *Playboy*, histoire de te détendre un peu.

Je le pousse sans ménagement et attrape la lettre d'Hanna. Le timbre à l'effigie de Sa Majesté reste collé sur le pouce de Jimmy, qui le mate comme si un papillon venait de se poser sur sa main.

— Dis Bowman, je peux le garder ?

Il a l'air d'un gamin à qui on aurait filé une pièce pour Noël. Je lui fais signe que ça m'est égal, et il contemple, ravi, son petit bout de papier.

— Tu savais que les timbres anglais sont les seuls au monde à ne pas mentionner le nom du pays d'émission ?

Tout occupé à déchirer l'enveloppe, je relève brusquement la tête vers lui. Jimmy aurait-il des connaissances insoupçonnées ? Je ne crois pas qu'Oprah parle des timbres à la télé.

— T'es sérieux là ? Comment tu sais ça ?

— Mon ex-copine est factrice.

Ah ! Fausse alerte ! Jimmy reste Jimmy.

Je me perche sur un tabouret et ouvre la lettre d'Hanna. Elle est plus lourde que d'habitude. Elle contient une feuille de papier et cinq photos. Une de Big Ben, avec un chien assis sagement devant. Je suppose que c'est Monkey. Hanna a raison, il est vraiment très laid, il a une sale gueule et ses poils poussent par touffes, on dirait les Panhandle Plains[1].

Hanna a aussi photographié la Tamise. Le cliché est sublime, comme les autres. C'est dingue, elle a un vrai coup d'œil.

---

1. Plaines du Texas sur lesquelles des herbes poussent par touffes inégales, comme le pelage de Monkey.

La dernière photo a été prise depuis le sommet de la grande roue. Hanna a fait un panorama, on voit la Tamise, Big Ben, le Parlement, les différents ponts de la ville… Londres comme je ne l'ai vue dans aucun des livres d'histoire que j'ai un jour consenti à feuilleter.

Jimmy a un air de chien battu à côté de moi, il a besoin de distraction. Je dois être dans un jour de bonté, parce que je lui passe les photos. Il les regarde avec attention, je parie qu'il n'a jamais vu Londres, ni en vrai ni dans un livre d'histoire.

Je me concentre à présent sur la lettre d'Hanna.

« Cher Zach,

Pardon pour le retard de ma lettre, il m'a fallu réaliser ces clichés et lorsque j'ai voulu les faire développer, le photographe en bas de chez moi était débordé. J'ai dû attendre qu'il ait le temps de s'en occuper, et une fois que ça a été fait, j'ai eu du mal à choisir celles que je voulais vous envoyer. Ai-je déjà mentionné à quel point je peux me montrer indécise ?

Vous voyez, j'ai obéi bien sagement. Mais je me suis dit que si vous traversiez l'océan, vous voudriez découvrir bien plus que le Big Eye, alors je suis allée un peu plus loin. Je vous envoie un aperçu des principaux monuments de Londres, sous un rare et éphémère soleil. Cela arrive si peu souvent qu'il aurait été dommage de ne pas en profiter.

Je me suis mise à votre place et je me suis demandé ce que vous aimeriez voir. Et puis j'ai redécouvert ma ville à travers vos yeux : le quartier des bouquinistes, les nombreux food-trucks près de la Tamise, Camden

Market et ses explosions de couleurs, le Tower Bridge...

Vous les verrez un jour, Zach ! Vous arpenterez nos rues pavées, vous monterez dans nos bus à impériale, vous verrez Buckingham Palace, vous assisterez à un spectacle de rue, vous verrez des enfants de toutes les couleurs jouer ensemble dans les parcs, vous apprendrez à aimer le thé et les scones.

Si vous le voulez, je vous guiderai. Comme vous me guidez par vos lettres.

Je ne suis plus enfermée, Zach. À l'instant où je vous parle, je suis assise sur un banc, Monkey dort profondément à mes pieds, et je regarde un groupe d'enfants confectionner des carottes en papier mâché qu'ils suspendent ensuite à un arbre dans leur cour d'école. Deux petites filles ont délaissé l'atelier et dansent en chantant I'm a little teapot. Elles portent des uniformes gris et bleu et des tresses terminées par des rubans. »

Soudain, je ne suis plus dans un atelier surchauffé à cause des machines qui y trônent, à Rikers. Non, je suis assis à côté d'Hanna, et Monkey bave sur mes chaussures en ronflant. On regarde les enfants jouer. Ça ne dure qu'un seul instant. Pendant cette fraction de seconde, je respire mieux que je ne l'ai jamais fait depuis des mois.

Hanna écrit aussi bien qu'elle photographie. Elle se trompe si elle croit que c'est moi qui la sauve : c'est elle qui me sauve. C'est Hanna qui me ramène à la vie petit à petit.

C'est fou de s'attacher comme ça à quelqu'un qu'on n'a jamais vu. Je me sens plus proche d'Hanna que de n'importe qui, sauf peut-être de ma grand-mère avec qui je n'ai pas échangé depuis trop longtemps. Et soudain, j'ai très honte de moi. Elle n'a aucune idée du fait que je suis à New York, à Rikers. J'imagine que je lui fais honte. Ou qu'elle a tiré un trait sur moi. Après tout, c'est moi qui ai disparu de sa vie sans lui donner de nouvelles. Et ce, bien avant d'aller en prison.

Je me promets de lui écrire bientôt. En attendant, je me replonge dans la lettre d'Hanna.

« Tandis que je suis là, je me demande à quoi ressemble votre terre rouge du Texas, en vrai. Je suis allée regarder sur Google, mais ça n'a rien à voir avec le fait de la toucher ou de la sentir, d'entendre et de voir des chevaux sauvages courir en liberté sur les terres arides en été. Je me demande à quoi ressemble un rodéo, l'odeur que diffuse le magnolia de votre grand-mère, les couleurs du buddleia plein de fleurs qui penche au-dessus de la tombe de votre frère. Je me demande aussi à quoi vous ressemblez, vous, Zach.

Hanna. »

20

Hanna

18 juin

Depuis l'instant où j'ai posté ma dernière lettre avec les photos prises un peu partout dans Londres, je me maudis. Note à moi-même : ne plus jamais laisser Monkey seul dans l'appartement. Il a très, très mal pris ma petite escapade seule au London Eye. Quand j'ai ouvert la porte de l'appartement en rentrant, je me suis dit que le plus dur avait été fait.

Mais, en voyant Monkey dans son panier, à côté de mes affaires détruites, j'ai compris que le cauchemar ne faisait que commencer. Le mot « cataclysme » a soudain revêtu une tout autre définition.

Alors j'ai pris une grande inspiration, tandis que Monkey courait se planquer sous mon lit, et je me suis armée de deux grands sacs-poubelles en plastique. Trois heures plus tard, mon appartement ressemblait à nouveau à un appartement, mais n'en avait toujours pas l'odeur, mon colocataire ayant pris le soin d'étaler consciencieusement tout le contenu de la poubelle à travers le salon.

J'ai ouvert en grand les fenêtres, attaché sa laisse au collier de Monkey, et je suis sortie, le temps que l'odeur parte. J'avais oublié à quel point la Tamise pouvait être féerique au crépuscule. Puis, quand j'ai estimé que l'odeur devait avoir disparu, nous sommes remontés.

J'ai demandé à Zach à quoi il ressemblait. Autrement dit, une photo. Ça ne me paraîssait pas dingue sur l'instant, juste naturel, je me suis dit que je voudrais être prête au moment où on se rencontrerait. C'est une fois que j'ai eu posté la lettre que j'ai compris que je voulais le rencontrer. Lui parler réellement, et pas seulement par lettres. J'ai essayé de me raisonner en parlant tout fort dans l'appartement :

— C'est un taulard… Il est américain, je suis londonienne, donc 4 417 miles nous séparent… On ne se rencontrera jamais… Je ne suis pas sûre de vouloir le rencontrer… Je ne suis pas sûre que *lui* veuille me rencontrer.

Nous avons commencé à nous écrire par ennui (pour lui), par challenge (pour moi). Je pensais que je ne risquais rien. Mais j'ai commencé à m'attacher à Zach. Mes sentiments sont flous, étranges.

Mais pas fluctuants. Ils grandissent et s'épanouissent à chaque nouvelle lettre. Même l'attente est délicieuse. Et atrocement longue. L'un n'empêche pas l'autre. Maintenant, je me dis que ça fait collégienne en mal d'amour de demander une photo. Si ça se trouve, il va penser que je vais la mettre sur ma table de nuit avec une bougie à la cannelle.

Si ça se trouve, il a une fiancée. Je ne sais pas pourquoi, l'idée m'est plus que désagréable. Je secoue la tête pour chasser ces pensées, et je me concentre sur le texte que je suis en train de traduire.

Mais rien n'y fait, mes pensées me ramènent vers New York, vers Rikers, vers Zach.

Alors quand le facteur sonne à la porte, je bondis sur mes pieds et Monkey se met à japper joyeusement. Paul me tend une lettre avec un sourire entendu. Il a bien remarqué que je les attends avec impatience, ces lettres, alors il me les monte directement au lieu de les laisser dans la boîte de l'entrée, comme les autres depuis que je sors de nouveau de chez moi.

L'écriture penchée de Zach orne l'enveloppe. Lorsque je l'ouvre, une photographie en tombe, face contre terre. Les photos sont comme les tartines de confiture, elles tombent toujours du mauvais côté.

Je me penche pour la ramasser, et m'interromps. Je lui ai demandé un cliché de lui et il me l'a envoyé ; j'ai peur, soudain, comme une adolescente à son premier rendez-vous. Je me sermonne et la récupère rapidement. Comme un sparadrap, il faut l'arracher d'un coup pour éviter de faire durer la douleur.

Lorsque mes yeux le découvrent, je souris instantanément tant mes craintes étaient ridicules. Il pose devant un fond vert. *Une forêt, un champ ?* La photo n'est pas d'une qualité excellente, elle a été imprimée sur du papier bas de gamme par une vieille imprimante, mais elle me suffit amplement.

Il a un demi-sourire et des sourcils noirs, épais, qui surplombent de magnifiques yeux verts. Sa peau est hâlée, ses cheveux noirs et un peu en bataille. Tout est parfait, même ses oreilles en feuille de chou sont parfaitement accordées au reste de son visage.

Il n'a rien d'un tueur sanguinaire. Il a l'air du voisin craquant d'à côté, le genre qu'on regarde sans oser l'aborder, à qui on sourit dans l'ascenseur dans l'espoir qu'il engage la conversation.

Je pose la photo sur la table basse du salon, avant de me concentrer sur la lettre de Zach.

« Hanna,

Cette photo a été prise il y a plus d'un an, j'étais en liberté à ce moment-là. J'allais faire de la spéléo avec mes copains, en plein été. Un des derniers bons souvenirs que j'ai…

Bien sûr, je ne m'en rendais pas compte à l'époque. On pense qu'il y aura plein d'autres journées, plein d'autres copains, bien d'autres bonheurs. On oublie que tout peut s'arrêter d'un coup. Le bonheur, le malheur, tout passe. La différence c'est que, quand on est heureux, tout semble éphémère, tandis que le malheur, lui, nous semble durer pour toujours.

J'ai démarré la formation en menuiserie dont je vous avais parlé, j'ai réussi à faire une fenêtre complète en quelques heures. Ironique, quand on sait que la seule à laquelle j'ai accès a des barreaux.

J'aimerais que vous voyiez tout ça, Hanna : le magnolia, le lac scintillant au coucher du soleil, les chats qui se prélassent sur le toit de tôle chaud. Je vous imagine assise sur la vieille balancelle verte sous le porche arrière. Ma grand-mère est assise en face de vous. Des cookies tout juste sortis du four sont posés sur la table entre vous et elle insiste pour que vous les mangiez tant qu'ils sont chauds. Hanna, peu importe s'il fait une chaleur à crever dehors, il faudra lui obéir parce qu'elle aura raison, comme toujours. Elle vous lira sûrement à voix haute un roman de Mary Higgins Clark (elle la vénère plus encore que le pape) et, peu importe que vous aimiez ça ou non, vous vous retrouverez embarquée dans l'histoire. Elle a ce don pour vous impliquer dans tout ce qu'elle fait. Avec elle, vous ne seriez plus jamais seule.

Je divague, sans doute, Hanna. Sans doute ne ferez-vous jamais tout ce dont je rêve, mais ça m'aide à tenir le coup, la nuit. J'imagine que vous comblez vos solitudes l'une et l'autre et ça me fait me sentir mieux.

J'aimerais vous voir à mon tour, Hanna. Je vous imagine souvent. Dans mon esprit, je ne vois ni votre visage, ni la couleur de vos cheveux, ni la couleur de votre peau. Mais j'imagine votre démarche, à la fois dansante et timide, à la fois décidée et hésitante, à la fois forte et douce.

J'aimerais mettre un visage sur vos mots. Vous avez ma parole, je n'accrocherai pas cette photo dans ma cellule, à côté de la médaille de Monkey et de mon billet de cinq livres. Je ne la montrerai à personne (sauf certainement à Jimmy, qui ne me laissera pas le choix de toute manière).

Je veux vous voir à mon tour, Hanna.

Zach »

Je replie la lettre et enlève mes lunettes. Je regarde les différentes photos de moi éparpillées dans l'appartement. Mes parents en avaient mis partout. J'étais leur seule enfant. Après leur mort, je n'ai rien touché, rien changé. J'aurais eu l'impression de les trahir en jetant la moindre chose. Je vis dans un musée en leur mémoire. Les pulls camionneur qu'affectionnait mon père sont toujours bien pliés dans son armoire.

Les foulards en soie de ma mère sont toujours soigneusement suspendus dans le dressing.

Je ne sais pas quelle impulsion me saisit, mais j'attrape un foulard rouge vif que j'attache dans mes cheveux, je saisis mon Nikon et sors sur le balcon.

La fraîcheur de juin sera bientôt remplacée par la douce chaleur de juillet. En bas, même la Tamise semble plus nonchalante et peine à sortir de sa torpeur.

Je pose le Nikon sur la rambarde, enclenche le minuteur, puis m'assieds. Dix secondes plus tard, le flash se déclenche. J'observe le résultat sur l'écran. Ce n'est pas la plus jolie des photos sur laquelle je suis, ni la plus flatteuse – en arrière-plan, il y a un mur gris. Mon foulard rouge se détache sur ce fond uni –, mais c'est la vraie Hanna.

Je retire la carte SD de l'appareil et m'installe à mon bureau.

« *Cher Zach...* »

21

Zach

26 juin

Des cheveux blonds. C'est la première chose que je vois quand je sors la photo de l'enveloppe. De bien meilleure qualité que celle que je lui ai envoyée, mais je n'avais à disposition que les ordinateurs de la prison et leurs imprimantes datent de Mathusalem, alors…

J'espère qu'Hanna ne saura jamais que j'ai trouvé cette photo sur un article de presse qui relatait les saloperies que j'ai faites.

En même temps, je me voyais mal lui envoyer mon portrait officiel de taulard. Je voulais qu'elle me voie comme un homme, pas comme un prisonnier. Je n'ai pas craint une seconde d'être déçu en ouvrant l'enveloppe. Hanna, ce n'est pas un physique, Hanna, c'est un esprit, c'est une voix. C'est l'espoir.

J'examine la photo plus en détail. Elle a un petit sourire. Un foulard rouge est attaché dans ses cheveux blonds ondulés, coupés au carré. Elle a de grands yeux noisette, un regard doux, un nez un peu large, un visage harmonieux. Une minuscule cicatrice orne sa lèvre supérieure. Je me demande si elle vient de l'accident de voiture dont elle m'a parlé, celui qui a déclenché son agoraphobie. Je n'aurais pas eu une chance avec une fille comme Hanna, même en dehors de ces murs. Je l'aurais regardée, de loin, en sachant qu'on ne boxait pas dans la même catégorie. C'est visiblement une fille de bonne famille, le genre à porter des Repetto et des Twinset.

Elle est tellement magnifique que la regarder me fait presque souffrir.

Un instant, je remercie le ciel de ne pas lui avoir envoyé une photo où on voit mes nombreux tatouages sur le torse.

Je n'ai pas encore lu la lettre. Je ne peux pas détacher mon regard du visage d'Hanna, de son sourire, de ses yeux. Je savais avant de la voir que je commençais à éprouver quelque chose pour elle. Quelque chose que je ne devrais pas ressentir, qu'un bagnard ne devrait même pas imaginer pour sa correspondante. Hanna mérite tellement mieux. Cette fille, c'est une merveille. Elle éclipse toutes les autres. Un instant, je me sens comme un ver de terre devant une étoile[1].

Je m'arrache à cette contemplation. Je glisse la photo d'Hanna sous mon oreiller et saisis la lettre.

---

1. « Madame, sous vos pieds, dans l'ombre, un homme est là / Qui vous aime, perdu dans la nuit qui le voile ; / Qui souffre, ver de terre amoureux d'une étoile ; / Qui pour vous donnera son âme, s'il le faut ; / Et qui se meurt en bas quand vous brillez en haut. » (*Ruy Blas*, Victor Hugo)

« Cher Zach,

Surpris ? Pas trop déçu, j'espère… J'ai pris cette photo sur mon balcon, hier. Enfin, c'était hier quand je vous écrivais cette lettre. Pour vous ça doit faire plus d'une semaine !

Je n'ai pas voulu attendre pour la faire développer, alors je me suis rendue à une de ces bornes libre-service où on peut imprimer nous-mêmes nos clichés. Je n'étais pas convaincue au départ, mais finalement ça rend plutôt bien.

La pluie a remplacé la canicule. Rien de surprenant sous nos hémisphères. L'air est à la fois chaud et humide, ce qui le rend insupportable.

C'est drôle, j'avais l'impression de tourner en rond dans mon appartement, et maintenant je tourne en rond dans ma ville. J'ai toujours vécu ici, naviguant entre les deux rives de la Tamise. Je suis toujours dans l'appartement où j'ai habité avec mes deux parents une bonne partie de ma vie. Un amour comme le leur, on pourrait écrire un livre dessus. Il l'a vue, dans la grande bibliothèque de Londres, et il est tombé amoureux d'elle sur-le-champ, comme frappé par la foudre. Il est allé la voir et lui a dit qu'elle était la plus belle fille qu'il ait jamais vue. Ils ne se sont plus jamais quittés. Mon père est mort d'une rupture d'anévrisme l'année de mes dix-huit ans. Ma mère est morte six mois après, d'une attaque cardiaque. Sans aucun signe avant-coureur. Je crois que son coeur s'est juste… arrêté. Comme s'il n'arrivait plus à trouver une raison de battre. Comme si je n'étais pas suffisante.

Toutes leurs affaires sont encore là. Même le drôle de patchwork sur le canapé, que je déteste. Je n'arrive pas à jeter quoi que ce soit. Chaque fois que je prends l'une de leurs affaires dans mes mains avec l'intention de m'en séparer, je ressens aussitôt une grande culpabilité et je la repose à la hâte. C'est ridicule, non ?

Je n'avais jamais dit ça à personne. C'est fou, c'est comme si, depuis l'autre bout du monde, vous m'entendiez mieux que toutes les personnes que j'ai pu rencontrer dans ma vie entière.

Je ne veux pas savoir ce que vous avez fait, Zach. Jamais. Vous avez été jugé, et ce n'est pas mon rôle d'en faire autant.

Je pense que chaque jour, on évolue, on change. On doit se battre très fort pour devenir la meilleure version possible de nous-même. On a besoin de défis.

J'ai désespérément besoin de nouveaux défis.

Hanna »

Je replie la lettre, et la glisse sous mon oreiller. Puis je ressors la photo. Mon Hanna du bout du monde veut de nouveaux défis… Ça, c'est quelque chose que je peux lui donner.

22

Hanna

1er juillet

« Chère Hanna,

Toujours vouloir repousser ses limites, c'est un truc que je connais bien. Mais j'ai aussi appris qu'à prendre des risques on peut vite se brûler les ailes. Alors je vais vous proposer quelque chose de simple : je vais vous lancer des défis.

J'ai toujours adoré repousser mes limites, savoir jusqu'où je peux aller, un peu comme un gosse à qui on dit que le plat sur le feu est brûlant mais qui le touche quand même, histoire de vérifier. Alors je vais vous proposer des challenges que vous devrez relever. Sans poser de question. Et je veux que vous me racontiez tout. Dites-vous que vous vivrez ces choses pour nous deux, si vous voulez. Prête pour votre premier défi, Hanna ?

Je veux que vous alliez au supermarché du coin leur demander de grands cartons (ils en ont toujours dans la réserve, par chez nous, je suis sûr qu'il en va de même à Londres) et que vous vidiez l'appartement des affaires de vos parents.

Sans réfléchir, vous mettez tout dans des cartons. Les Cheyennes pensent que si on conserve les affaires des morts, on les empêche de trouver la paix. Vos parents méritent de reposer en paix, et vous, vous méritez de vivre. Alors on ne va pas brûler les choses matérielles qu'ils ont laissées derrière eux, comme dans le rituel cheyenne (je ne vois pas où vous pourriez faire ça en plein coeur de Londres), mais vous allez les déposer dans le centre pour SDF le plus proche. Livres, vêtements... tout ce qui était à eux, il faut le donner. Ce ne sont que des choses, ne craignez pas de les trahir en les donnant. Laissez-les partir, Hanna. Et dites-le-moi quand ce sera fait, vous serez prête pour votre deuxième défi.

Je pense à vous,

Zach »

Je replie la lettre, et me dirige à pas feutrés vers la chambre de mes parents. Zach a raison. Tout est à la même place que quand ils sont partis. Rien n'a changé, sauf l'odeur de la pièce. Au départ, je ne pouvais pas y rentrer, justement à cause de ce parfum, cette fragrance d'eux qui imprégnait les murs. Et puis c'est devenu mon refuge, l'endroit qui m'apaisait lors de mes crises d'angoisse. Et puis l'odeur a fini par partir, comme eux...

Je secoue la tête. Ils ne sont pas partis, ils ne vont pas revenir du jour au lendemain reprendre leur quotidien à mes côtés. Ils sont morts. Ils ne passeront plus jamais le seuil de cet appartement.

Mon psy et moi avons décidé d'espacer nos séances, mais cela signifie que je dois faire une bonne partie de mon travail de reconstruction par moi-même, maintenant.

J'attrape mes clefs, après avoir jeté un regard inquiet à Monkey. Il va falloir que je fasse vite, sinon l'appartement sera à nouveau une zone sinistrée à mon retour. Je me dirige vers le Tesco le plus proche. La caissière me fait don de six grands cartons ayant contenu des Lay's, ces chips dont je raffole. J'achète un rouleau de gros Scotch marron, du papier bulle, et je remonte dans mon appartement.

Quand j'entre, Monkey consent à se lever du tapis et vient nonchalamment me lécher la main, avant de retourner à sa sieste. Je me suis inquiétée pour rien, semble-t-il. Il est resté bien sagement dans son panier. Je reconstitue les cartons, et, inspirant un grand coup, j'ouvre l'armoire de mes parents. Leurs vêtements sont là, pliés en quatre.

Je ne réfléchis pas, j'obéis à Zach. Je prends les piles et les mets dans les cartons. Je ne m'arrête que lorsque j'ai vidé tous leurs placards.

Je ne mets que deux choses de côté : la montre-bracelet de mon père, offerte par ma mère pour leurs vingt ans de mariage, et le foulard rouge en soie de ma mère que j'ai porté sur la photo envoyée à Zach. Je suis presque sûre que ni Zach ni les esprits cheyennes ne m'en tiendront rigueur. Il me reste trois cartons, et je décide de continuer sur ma lancée. Les magazines de photographie que mon père avait accumulés pêle-mêle et les statuettes africaines de ma mère rejoignent les cartons.

Deux heures plus tard, ils sont pleins. Mais c'est comme si la frénésie qui s'est emparée de moi ne pouvait avoir de fin. Je me dirige avec vivacité vers la cuisine, attrape des sacs-poubelles de deux cents litres, et y fourre tout leur linge de lit, oreillers et couette y compris. Avant de changer d'avis, j'appelle l'armée du Salut, qui me confirme qu'on viendra récupérer tout ça cet après-midi. En attendant, je siffle Monkey, et je pars faire une longue promenade dans Hyde Park, mon foulard rouge dans les cheveux, ma montre d'homme au poignet, un peu comme si la main de mon père m'enserrait dans un geste protecteur pour me dire que tout ira bien. Je me sens en paix. Un vent chaud souffle dans mes cheveux et fait voler les graines de pissenlits.

Grâce à Monkey, fou de joie à l'idée d'une balade, j'apprends à refaire travailler mes muscles atrophiés par mon isolement. Je redécouvre la joie la plus simple en le regardant poursuivre les papillons tachetés qui volettent autour de nous.

Dans ma tête, je me passe et me repasse les derniers mots de la lettre de Zach, ceux qui, plus encore que le défi qu'il m'a lancé, m'ont poussée à agir : « Je pense à vous… »

Moi aussi je pense à vous, Zach. À cet instant, à chaque instant, je pense à vous.

23

Zach

5 juillet

« Cher Zach,

Défi relevé ! Tous les vêtements et la plupart des souvenirs de mes parents sont partis, embarqués à l'arrière d'un camion cabossé.

Je pensais me sentir vide après ça. En réalité je me sens libérée. Un pas après l'autre, pas vrai ?

Pour me récompenser, j'ai emmené Monkey au restaurant japonais où j'allais toujours avec eux. J'ai pris un saké à leur santé et commandé deux plateaux de sashimis : un pour moi, et un pour mon chien. Les gens aux tables voisines m'ont regardée comme si j'étais folle mais, pour la première fois de ma vie, ça m'était bien égal. Et puis, après avoir passé des mois dans un box, Monkey méritait bien de mener un peu la grande vie lui aussi, non ?

Je suis sûre que mes parents auraient approuvé.

En dessert, j'ai pris un gâteau de la chance (supposé être chinois, mais je présume que le business *l'emporte sur les traditions, dans les restaurants japonais comme ailleurs).*

Je vous joins le billet qui était à l'intérieur, pour une fois il correspondait parfaitement à ma pensée du moment.

Demain, je dois emmener mon protégé chez le vétérinaire pour son rappel de vaccins, j'espère que je ne vais pas m'évanouir, j'ai une sainte horreur des piqûres.

Je suis impatiente de vous lire, et de découvrir ce que vous avez imaginé pour la suite.

Je pense à vous,

Hanna »

Je tourne et je retourne le petit papier dont parle Hanna. J'ai bien failli le manquer dans l'enveloppe qui m'a été livrée ce matin, il est fin comme une feuille de papier à cigarette. D'un côté, je découvre des caractères chinois ; de l'autre, leur traduction en anglais, je suppose. Il pourrait tout aussi bien être écrit des insultes en chinois que je n'y verrais que du feu.

« Ne vois pas le verre vide. Vois les millions
de possibilités de le remplir. »

Je n'avais jamais pris conscience de toutes les possibilités que la vie m'offrait avant de me retrouver ici. C'est ironique, mais, à partir du moment où Hanna a commencé à m'écrire, j'ai à nouveau envisagé un avenir au lieu de ressasser le passé.

Juste au moment où mon avenir était compromis pour de bon. Par ma faute. Quand j'étais en liberté, je n'avais pas envie de sortir de chez moi, pas envie de travailler, juste de m'écrouler sur un tabouret de bar, à boire de la tequila.

Maintenant je rêve de plaines sauvages, de nuits sous les étoiles, d'oranges mûres.

Dans ma tête, la nuit, j'invente toute une vie à mon Hanna du bout du monde. Elle marche, aérienne, dans un champ de coquelicots. Elle danse à un bal de village. Elle dort, lèvres entrouvertes. Elle lance la balle à Monkey, dans un parc.

Mais mon esprit devient de plus en plus entreprenant, de plus en plus incontrôlable.

Dans chaque situation, je m'imagine avec elle. Nous sommes ensemble au sommet d'une grande roue et on admire les lumières de la ville. Je l'emmène au pique-nique du 4 juillet alors qu'elle porte une robe à fleurs, et tient ses sandales à la main. Ses pieds pelotonnés sous un plaid, Hanna lit pendant que je regarde le superbowl. Hanna, Hanna, Hanna. Partout.

Mais je sais que cette vie-là n'existera jamais. Mon quotidien, c'est les barreaux. Celui d'Hanna, c'est Monkey, et son appartement au-dessus de la Tamise.

Les ronflements de Jimmy et ma couverture rêche me le rappellent chaque nuit.

Je ne peux pas briser ma cage. Alors je fais tout mon possible pour briser celle d'Hanna, barreau après barreau.

Je prends mon stylo noir, cassé sur le bout à force d'avoir été mordillé, et je me lance :

« *Chère Hanna…* »

24

Hanna

10 juillet

« Chère Hanna,

Je suis fier de vous, et vos parents le seraient aussi, j'en suis certain. Vous avez réussi votre premier défi.

Je n'ai que quelques mots pour vous :

Basingstoke Leisure Park
Euskirchen Way
Basingstoke
Hampshire
RG22 6PG

J'ai fait quelques recherches sur Internet et je voudrais que vous vous rendiez à cette adresse, l'après-midi, entre 14 heures et 18 heures. Portez un jean et des baskets.

Ne regardez pas ce que c'est sur Google, résistez à la tentation. Je vous jure que ça vaudra le coup. En tout cas, moi, j'adore.

Zach »

Au début, je songe à tricher et à demander à Google de me dévoiler ce que Zach me réserve. Après tout, qui le saura ? Moi. Moi je le saurai.

Alors, sagement, mais sans attendre une seconde de plus car le début d'après-midi est déjà-là, j'appelle un taxi. Je laisse Monkey à la maison : vu que j'ignore où je vais, je ne sais pas si je peux l'emmener ou non.

Pendant que le paysage défile par la vitre, je réalise que j'avais oublié à quel point la campagne anglaise est belle. Un soleil timide passe à travers les arbres. Assise à l'arrière du taxi, je me sens bien. Après l'accident, je pensais ne plus jamais pouvoir remonter dans une voiture. Je n'ai plus repris le volant. Mais là, assise tranquillement sur la banquette en cuir qui a connu des jours meilleurs, je me sens bien.

Ma tranquillité d'esprit s'évapore comme par magie lorsque mon chauffeur se gare devant un grand bâtiment en tôle grise. Je lâche un juron.

Il plaisante, n'est-ce pas ?

Un logo rouge et blanc se détache sur le fond bleu de la bâtisse : « iFLY Indoor Skydiving ». Autrement dit, je suis devant un simulateur de chute libre.

Je descends lentement du véhicule, espérant que le temps va s'arrêter. Je sors la lettre de Zach de mon sac, espérant qu'il a écrit quelque part « poisson d'avril ! » même si on est en juillet. Il n'y a rien, évidemment.

Je me sermonne : j'ai décidé de mener cette expérience jusqu'au bout, et je fais une confiance aveugle, irraisonnée sans doute, à Zach.

Instinctivement, je sais qu'il ne ferait jamais rien qui puisse me faire souffrir.

Ce qui n'empêche pas ma main de trembler lorsque je la pose sur la poignée de la porte d'entrée.

Vingt minutes plus tard, j'ai revêtu une combinaison ridicule, un casque, de grosses lunettes, et je suis face à un énorme ventilateur en position horizontale. L'instructeur m'explique pas à pas ce qui va se passer. En gros, je vais être suspendue dans le vide au-dessus de ce qui me semble être rien de moins qu'un sèche-cheveux géant.

Ce n'est pas sans appréhension que je suis le moniteur à l'intérieur de l'espèce de tube à essai géant où Zach veut que je m'envoie en l'air, dans le sens le plus littéral du terme.

Il me tend ses deux mains et me demande si je suis prête. *Non, absolument pas.* Mais j'imagine la déception de Zach, alors je prends quand même ses mains. C'est à plat ventre que je m'élève lentement. Le bruit est assourdissant, mais je vole. Je vole pour de vrai.

J'éclate de rire. Je n'arrive pas à m'arrêter. C'est puissant, libérateur.

Les minutes filent à toute allure, et, lorsque je redescends sur terre, je suis déçue. Cet état d'euphorie ne cesse pas quand je remercie l'instructeur, ni quand je me débarrasse de ma combinaison, de mon casque et de mes lunettes.

Dans le miroir des vestiaires, mon reflet me sourit. Mes cheveux sont en bataille, mes joues sont rouges et mes yeux pétillent. Si Zach était là, je lui sauterais au cou.

Lorsque je rejoins l'accueil, la réceptionniste me tend des photos et un DVD. Je l'ignorais, mais ils offrent à leurs clients des souvenirs de leur aventure. Sur la première photo, j'ai les bras étendus au-dessus de ma tête, un sourire jusqu'aux oreilles, et je vole. Je vais garder ce DVD et les autres photos bien précieusement, mais ce cliché, je sais déjà à qui je le destine.

Il y a une cafétéria attenante au simulateur, alors je demande à la réceptionniste si elle a du papier et une enveloppe. Elle hoche la tête et m'offre le tout de bonne grâce.

Je ne peux pas attendre une minute de plus pour parler à Zach. Lui écrire, c'est comme une drogue. J'en ai envie tout le temps, et quand ses lettres tardent un peu je suis comme une junkie qui a besoin de sa dose, avec tous les symptômes qui vont avec.

Je pourrais attendre d'être chez moi pour tout lui raconter, je n'ai qu'une heure de route. Ou je pourrais justement profiter du temps que j'aurai dans le taxi, mais je sens, sans trop savoir pourquoi, qu'il faut que je le fasse ici, et maintenant, tant que l'euphorie du moment est encore vivace, et me délie la langue et le cœur. C'est donc devant une énorme glace au chocolat que, sourire aux lèvres, j'écris à mon cow-boy en captivité.

« *Cher Zach...* »

25

Zach

15 juillet

« Cher Zach,

Je suis censée écrire quelque chose d'à la fois drôle et percutant, pour faire écho à l'expérience que je viens de vivre, mais là les mots ne me viennent pas. J'ai saisi mon stylo, prête à en découdre, je savais exactement dans ma tête ce que j'allais vous dire. Puis j'ai retiré le capuchon et... plus rien. Le néant total.

Pendant dix minutes, j'ai volé. Quand j'y réfléchis, cela me semble ni plus ni moins que l'accomplissement d'un long processus, parce que j'ai l'impression d'avoir pris mon envol depuis que je vous ai rencontré. Je devrais plutôt dire depuis que je vous écris, mais je n'ai pas le sentiment que vous soyez un simple correspondant. En quelques semaines vous avez pris plus de place dans ma vie que n'importe qui d'autre. Vous devez me prendre pour une cinglée. La petite Anglaise un peu à l'ouest, qui vit à l'autre bout du monde.

Je vous dis des choses que je ne révèle à personne. Probablement parce que je suis à des milliers *de kilomètres de vous, et que par écrit tout est plus facile à dire. Les distances tombent, la timidité s'évapore et soudain tout semble possible. Vous n'avez pas idée de tout ce que vous avez fait pour moi depuis que je vous connais. Et je ne parle pas que de Monkey, ou du débarras de mon appartement, ni même de l'expérience incroyable que je viens de vivre, et que je n'aurais jamais osé tenter sans vous. Vous avez changé ma vie entière, vous l'avez rendue plus lumineuse, plus belle, plus douce. Merci.*

Hanna »

— Tu chiales ?

Je sursaute en entendant quelqu'un s'adresser à moi. J'étais seul dans ma bulle. Ou non, pas seul, avec Hanna.

Merde, Jimmy. J'avais oublié qu'il était là, ce con.

— Non, trouduc. Tu m'as postillonné dans l'œil, je rétorque en fronçant exagérément les sourcils pour qu'il comprenne.

Il se marre comme un débile.

— Mec, faut que t'aies des couilles un peu, sois pas une tafiole, montre-lui qui est le boss à ta nana !

Il y a quelques années, voire quelques mois, j'aurais été d'accord avec lui. J'aurais pensé que les seuls rapports qui puissent exister entre un homme et une femme sont des rapports de force, de domination. Aujourd'hui, en regardant mon compagnon de cellule, je me rends compte que j'étais un gros con. Je n'ai aucune envie d'être de nouveau ce pauvre type, ce *loser* qui perd son temps à boire des coups dans les bars avec ses potes *losers*. Je veux être le genre de gars sur qui on peut compter, le genre de gars qui emmène ses gosses à l'école, le genre de gars à côté de qui une femme comme Hanna serait fière de marcher dans la rue, main dans la main.

Je fusille Jimmy du regard.

— T'es un vrai con.

Il ne lâche pas l'affaire pour autant :

— Faut la mater un peu ta gonzesse, sérieux. Sois un mec !

J'ai été trop subtil pour son niveau intellectuel ? Parce qu'il n'a visiblement pas compris. Alors, je réitère de manière plus claire :

— Ta gueule.

Cette fois, le message passe, il bat en retraite sur sa couchette, après un dernier « Moi, ce que j'en dis... ». *Mon pauvre vieux, tout le monde s'en tape de ce que t'en dis !*

Je sais pas pourquoi, tout à coup, je me rappelle une fille avec qui j'ai couché il y a quelques années. LeAnn. Je l'ai trouvée belle à l'époque. En tout cas assez belle pour avoir envie de passer un moment avec elle. Un moment, pas plus, c'était très clair dans ma tête. Elle ne brillait pas de cette lumière qui m'aurait donné envie de plus. Ou peut-être que j'étais trop centré sur ma petite personne pour la voir.

Je l'ai séduite à coups de sourire et de belles paroles. Une fois qu'elle a été dans mon lit et que j'ai eu ce que je voulais, elle est venue se serrer contre moi en quête d'affection, et je l'ai repoussée. Elle s'est redressée, je l'ai fixée du regard, et je lui ai demandé ce qu'elle croyait. J'ai ajouté, presque fièrement, que je n'étais pas amoureux d'elle.

Dans les yeux de LeAnn à ce moment-là, j'ai vu *le* regard. Celui que je connaissais par cœur, parce que je l'avais vu chez tous les gens qui s'étaient risqués à m'aimer et que j'avais déçus les uns après les autres. Le regard qui disait : « Tu viens de briser un bout de moi. »

Je le savais et je m'en fichais. LeAnn s'est rhabillée et elle est partie. Je ne l'ai plus jamais revue. À l'époque, je pensais que les sentiments c'était pour les faibles. Je me suis dit que LeAnn devrait s'endurcir un peu. Je me suis même fichu d'elle avec les potes, la pauvre fille qui avait eu la malchance de tomber sur moi et de vouloir m'offrir quelque chose dont je n'avais rien à foutre.

Aujourd'hui, je comprends que le faible, c'était moi. Avoir des sentiments, c'est prendre le risque de souffrir, il faut un sacré courage au contraire pour s'exposer comme ça. De nous deux, c'est moi qui ai été lâche, pas LeAnn.

Ma correspondance avec Hanna est une seconde chance : si je me remets à écouter des types comme Jimmy, lâches et immatures, je ne sortirai jamais du cercle vicieux dans lequel je me suis enfoncé.

Hanna, ou plutôt ce que j'éprouve pour Hanna, c'est ma porte de sortie. C'est pas le genre de fille avec lequel on peut faire de l'intérim, c'est un CDI, c'est le jackpot, la chance qu'on a une fois dans sa vie et qu'il ne faut surtout pas louper.

Mais, même si je ressens que, peut-être, elle pourrait commencer à ressentir la même chose que moi, je dois me calmer. Il ne faut pas que je l'effraie, que je crame tout.

Alors, avec mon stylo mâchouillé, sous le regard désapprobateur d'un Jimmy, vexé comme un pou de s'être fait renvoyer dans les cordes, je commence ma réponse :

« *Chère Hanna…* »

26

Hanna

22 juillet

« Chère Hanna,

Lire que vous avez pris votre envol depuis que nous échangeons me réchauffe le coeur. C'est aussi puissant qu'un soleil éclatant au Texas, aussi doux que cette recette de tarte à la courge qu'affectionnait ma grand-mère, celle qu'elle agrémentait d'épices dont les saveurs font exploser les papilles.

J'avais d'abord pensé à vous envoyer sauter en parachute, mais je suis quasi sûr que vous m'en auriez voulu et que vous ne seriez jamais montée dans l'avion. Ce qui aurait gâché l'expérience. »

Ah là, c'est certain ! J'adore prendre l'avion – du moins j'adorais ça, avant, je ne sais plus comment je réagirais aujourd'hui –, mais de manière traditionnelle, avec un escalier pour en descendre. Pas en sautant depuis plusieurs milles d'altitude.

« La pluie s'est remise à tomber sur New York, c'est comme un voile de tristesse qui ne se déchire jamais. Je déteste cette ville. Ces immeubles gris et mornes, le peu de verdure, les gens pressés, les voitures partout. Je ne suis pas fait pour vivre en ville. En ville et en prison, pour moi, ce sont deux synonymes. J'aime les larges espaces, les champs à perte de vue. La ville, c'est pour les gens pressés, ambitieux. »

Étant née et ayant grandi à Londres, je ne me suis jamais posé la question de savoir si j'y resterais ou non. Je ne me suis jamais dit que je pouvais partir. Je vis dans le même appartement, celui de mes parents, depuis ma naissance, et je pensais que ce serait quelque chose d'immuable jusqu'au jour où je rencontrerais mon mari, le père de mes enfants. Mais je dois bien reconnaître que ces derniers temps le silence du lieu me pèse plus que je ne saurais le dire. Si je n'échangeais pas avec Zach, et si je n'avais pas Monkey pour me rappeler à l'ordre, je pourrais presque comparer ma routine ici à une prison. Chacun ses barreaux, même s'ils ne sont pas faits de la même matière. Mais moi, je peux m'en affranchir. Moi, je peux voler.

Je reprends la lecture de la lettre de Zach, qui contient deux feuilles au lieu d'une, cette fois. Il devait être inspiré par la longue liste des tortures qu'il compte m'infliger en guise de défis. J'espère juste qu'il ne va pas me demander de me faire tatouer un portrait de Donald Trump ou de dresser un tigre du Bengale. Je ne saurais pas où trouver un tigre du Bengale d'ailleurs, mais je suis quasiment sûre que Zach se débrouillerait pour me donner une adresse, même à des milliers de kilomètres de distance.

« Mon prochain défi pour vous va être plus simple, Hanna. Je voudrais que vous alliez à l'aquarium de Londres, et que vous me décriviez tout ce que vous y voyez. Vraiment tout.

Mais cette lettre contient un double défi. Libre à vous de l'accepter ou non. Quoi que vous décidiez, je ne vous en tiendrai pas rigueur, je vous le jure sur le peu que je possède. Mais si vous acceptez, Hanna… Impossible de décrire ce que ça me ferait si vous acceptez. Alors, je vais emprunter les mots d'un type meilleur que moi : "Tu seras pour moi unique au monde. Je serai pour toi unique au monde. (…) Tu deviens responsable pour toujours de ce que tu as apprivoisé[1]."

Zach »

Curieuse, je m'empare de la seconde feuille. Ce n'est pas une lettre, comme je l'avais supposé, mais un formulaire dactylographié qui porte le logo de la prison de Rikers. Je lis les premiers mots : « Désignation d'une personne de confiance ».

Je ne comprends pas trop, alors je poursuis ma lecture.

« Bowman, Zachary, né le 12 mai 1989 à Houston, hôpital St. Mary's… »

1. *Le Petit Prince*, Antoine de Saint-Exupéry, 1943.

Il y a toutes les informations concernant celui avec qui je corresponds, de son groupe sanguin – O positif, comme le mien –, à son numéro de matricule – 1989, comme son année de naissance. C'est étrange. Il y a aussi son adresse et celle de sa grand-mère, dans une petite ville au nom empli de poésie : *Las Palomas*. La seule case laissée en blanc est celle dans laquelle devrait être inscrit le motif de son incarcération. Il n'a volontairement pas rempli cette case. Cela me va, je ne veux toujours rien savoir de ce qui l'a conduit dans cette cellule. Sur la ligne « personne à prévenir en cas d'urgence », seul un prénom est inscrit. Le mien. Hanna.

Zach veut faire de moi sa *personne*. Celle que l'on prévient avant les autres, parce qu'elle compte plus que les autres. Celle qui devra assumer les responsabilités en cas de pépin…

Je laisse tomber la feuille sur le bureau et me dirige vers la fenêtre. Il est à peine 15 heures, et déjà la ville est plongée dans une sorte de somnolence. Les rares passants semblent marcher comme au ralenti.

Je n'ai jamais été la personne de quelqu'un, et personne n'aurait jamais pensé à me nommer responsable de qui que ce soit. Je sais à peine m'occuper de moi-même, alors… Mais je veux être cette personne, la personne de Zach. Je crois qu'il n'y a rien que j'aie autant voulu. Alors je retourne m'asseoir à mon bureau et je complète cette case avec mon nom de famille : « Parrish, Hanna ».

27

Zach

30 juillet

Le bruit d'une matraque cognant contre les barreaux me fait sursauter. Cela amuse beaucoup le Porc de nous réveiller à 3 heures du matin lorsqu'il fait sa ronde.

Mais là, visiblement, il s'ennuie aussi en journée, car il recommence son tapage alors qu'il est 3 heures de l'après-midi. *Formidable !*

J'aimerais lui éclater la figure contre les barreaux, mais je n'en fais rien. Ma réduction de peine exige que je sois un prisonnier modèle, alors je me tais. Pas envie de tirer quinze ans au lieu de six.

Jimmy boude sur son plumard. Il fait la gueule depuis quelques jours, je ne sais même pas pourquoi. Lui qui avait tendance à l'ouvrir à tort et à travers, maintenant il reste silencieux pendant des heures.

Je devrais m'en foutre de cet abruti, mais, à part Hanna, je n'ai que lui, alors je fais un effort.

— Hé, Jimbo !

Il lève la tête, mais ne me regarde pas dans les yeux.

— Ça va, mec ?

— Très bien.

Court, laconique. *Quelque chose ne tourne pas rond.* Soudain, il se recroqueville au fond de sa couchette lorsqu'un groupe de suprémacistes blancs passe devant notre cellule. Il a la même attitude que le chat de ma grand-mère quand elle passait l'aspirateur : il a peur.

Alors j'observe mon codétenu avec un œil nouveau : petit, frêle, avec ses cheveux blonds, on dirait Boucles d'or, la nana du conte pour enfants. Et soudain, je comprends. C'était une question de temps avant que ça lui arrive. Avec mon tatouage de mains jointes en signe de prière sur l'omoplate, agrémenté du sigle MR – pour *Muerte Roja*, le nom de mon gang –, il était évident qu'on ne viendrait pas me chercher de noises. Je m'entraîne chaque jour, essentiellement en faisant des pompes car la fonte n'est pas autorisée en prison, plus pour impressionner les autres que pour faire travailler mes biceps. Ici, on n'emmerde pas les forts, je l'ai su avant même d'arriver. Jimmy, lui, avait une cible dans le dos dès le départ. La faiblesse n'est pas tolérée en prison. Les types comme lui, ce sont des victimes. Au mieux, ils se font tabasser. Au pire ils deviennent des *conchitas*. Certains détenus n'ont pas vu de femme depuis longtemps, alors, ils se soulagent comme ils peuvent. Et ce sont les plus faibles qui en font les frais.

Un gardien me lance une lettre à travers la grille :

— Ta chérie t'a écrit, Bowman.

J'ai longuement hésité avant de proposer à Hanna d'être ma personne. Ça revenait à lui demander de sortir avec moi, même si lui faire signer ce formulaire était moins mignon que de lui faire passer un mot comme à l'époque du lycée, écrit sur un bout de mon DS de maths. J'y ai jamais inscrit grand-chose, sur ces DS.

Elle a peut-être dit non. En ouvrant l'enveloppe, je suis nerveux comme jamais, mais dès que je lis son nom dans la case voulue, je respire de nouveau. J'apprends que son second prénom est Andréa.

Elle a laissé une case vide dans le formulaire qu'elle doit remplir, celle qui demande « Relation avec le détenu ». Elle a collé un post-it en forme de trèfle à côté, où il est simplement écrit « Choisissez ». Elle a attaché les deux feuilles avec un trombone bizarre. Je le jette à terre, ou Jimmy s'empresse de le ramasser. C'est la première fois que je le vois bouger depuis des heures. Il le fait tourner dans ses mains, puis le met sous son oreiller.

Il sourit et me regarde.

— Un trombone phosphorescent ! Je peux le garder ? J'aime bien ces trucs.

Je rigole doucement.

— Si tu veux, mec. Il est à toi.

Je laisse Jimmy jouer avec son trombone et je me plonge dans la lecture de la lettre d'Hanna qui allait avec le formulaire. Elle a ajouté un autre document. C'est un ticket composté de l'aquarium de Londres. Elle m'a même glissé une brochure, que je feuillette avant de la tendre à Jimmy, qui s'en empare comme si c'était le Graal.

« Cher Zach,

Très subtil, le coup de la personne de confiance. On ne me l'avait jamais fait. Est-ce une technique purement texane ? Je m'interroge.

Je suis allée à l'aquarium. Je vous joins même le ticket pour preuve. Monkey me fait la tête parce que j'ai dû le laisser à la maison. Il supporte toujours très mal de rester seul, même pour un court moment, alors il s'est vengé sur les coussins du salon.

J'ai reconnu l'aquarium avant d'y entrer, j'y étais déjà allée, petite, avec mon père. Mais, cette fois, j'ai vu les choses différemment. Je n'ai pas retrouvé mes sensations émerveillées de petite fille. Je n'ai pas tapé contre la paroi de verre pour attirer l'attention des poissons. Je ne faisais que me répéter une chose en boucle : tous ces poissons seraient bien plus heureux dans l'océan. Ils tournaient en rond dans leurs bassins, pointés du doigt par des tas de gens.

À l'époque, j'avais trouvé ça magique, là ça m'a paru affreux. Je voulais tous les sortir de là, leur dire : "Allez, vous rentrez à la maison." Alors je suis sortie au bout de dix minutes. Je suis désolée, Zach, je ne pourrai pas vous faire de compte-rendu de ce que j'ai vu là-bas. Parce que je n'ai rien vu du tout, alors, je vous ai pris une brochure en sortant. J'espère que vous ne m'en voudrez pas trop. »

Mon Hanna... Je n'ai jamais rencontré quelqu'un comme elle. Elle a un cœur énorme. Comment je pourrais lui en vouloir ?

« Je me suis promis que je n'irai plus jamais dans un aquarium. Ou dans un zoo. Ce n'est pas la place des animaux, parqués pour notre bon plaisir. Ils devraient être libres. »

Elle a raison. Mille fois raison. Comme d'habitude.

« J'ai hâte de connaître mon quatrième défi, Zachary Bowman, groupe O positif, né en mai 1989, bloc B, cellule 374, fils du Texas.

J'attends votre prochaine lettre avec impatience.

Hanna Parrish, groupe O positif aussi, née le 12 octobre 1989, 374 Old's Mill road, appartement 7, sujet (ou sujette, j'ai un doute) de Sa Majesté Elizabeth II »

Je ris tout seul en refermant la lettre d'Hanna.

Jimmy se balance sur son lit, le regard fixé sur un banc de poissons chirurgiens jaune et bleu qui semblent nous narguer depuis leur brochure. *Leur prison est-elle plus sympa que la nôtre ?*

J'inspire un grand coup.

— Je sais ce qui se passe.

Mon codétenu tressaille, mais garde les yeux fixés sur la brochure et ne répond rien.

— Je vais répondre à Hanna, ensuite on ira faire un peu de musculation ensemble. Et il faudra te trouver un tatoueur !

Il lève la tête, inquiet.

— Un tatoueur ?

— Ouais, mon gars ! J'espère que t'aimes mon tatouage parce que tu vas avoir le même. Je vais faire de toi un membre honoraire des *Rojos*.

28

Hanna

5 août

« Hanna,

Je ne pourrai jamais vous en vouloir pour quoi que ce soit. Vous avez bon coeur, et vous avez raison, c'est profondément injuste d'enfermer des animaux qui devraient être libres.

Voici votre prochain défi : je veux que vous lanciez une bouteille à la mer. Écrivez sur une feuille les cent choses que vous souhaitez faire avant que vos yeux ne se ferment pour de bon. Puis vous scellerez la bouteille et la lancerez dans la Tamise, pour qu'elle rejoigne l'océan.

Ça peut être des choses simples comme des choses totalement irréalisables. Laissez parler votre imagination. Serait-ce trop vous demander de me donner une copie de votre liste ? Si c'est trop intime, ne le faites pas.

J'ai une autre demande à vous faire, une plus personnelle. Mon codétenu, Jimmy Keats, traverse des moments pas faciles ces derniers temps, et il n'a personne à l'extérieur. Il semble avoir une passion pour les choses phosphorescentes. Si vous aviez la gentillesse de lui envoyer quelques petits objets qui brillent dans le noir... disons que je vous devrai un dîner quand je sortirai.

Quant à la méthode texane... je n'ai jamais été très doué pour ces choses-là, Hanna. Ma situation est très délicate. Si j'étais dehors, libre, je pourrais vous faire la cour comme il se doit. Je vous enverrais des fleurs, je chanterais avec un transistor sous vos fenêtres, je vous proposerais ma veste après un dîner. Mais je suis ici, et vous demander de me fréquenter me paraît impossible. Une fille comme vous avec un type comme moi, ça me semble tellement contre nature que je n'ose pas, voilà tout.

Ça ne m'a jamais paru aussi difficile d'être sous les verrous que depuis que je vous connais.

Zach »

Je tremble quand je repose la lettre.

Il me propose de sortir avec lui.

Il me propose de sortir avec lui.

Il me propose de sortir avec lui.

J'ai beau me le répéter, je n'arrive pas à réaliser. Je n'arrive pas non plus à enlever le sourire niais qui s'accroche à mon visage.

***

— Je ne sais pas ce qu'il a fait. Je ne sais pas comment ça peut marcher. Je ne l'ai jamais rencontré.

C’est ce que je raconte à mon psy, assis en face de moi sur le canapé. Pour une fois la séance a lieu dans son cabinet, où je n’étais jamais venue. C’est plutôt chaleureux : deux larges fauteuils club en cuir bien moelleux, un vase de fleurs fraîches, quelques photos de famille. Il a peint ses murs d’une couleur vert forêt très reposante. Il possède un véritable service à thé en porcelaine de Chine, et il a préparé un thé au citron très sucré dont il nous a servi deux tasses. Il sirote sa boisson tranquillement sans montrer aucune réaction à mes propos.

J’insiste :

— Je ne connais même pas le son de sa voix.

— Et ? me demande-t-il avec un petit sourire.

— Quoi, « et » ? C’est de la folie !

— « Les folies sont les seules choses qu’on ne regrette jamais. » Ce n’est pas de moi, c’est d’Oscar Wilde.

— Il parle trop, Oscar Wilde.

— Peut-être, mais en folie il s’y connaît. Il a aussi écrit : « Si j’allais en prison sans amour, que serait devenue mon âme ? » Visiblement, l’âme de Zach est intacte.

— Alors qu’est-ce que je devrais faire, selon vous ?

— Il paraît que New York est une ville extrêmement cosmopolite. Vous n’auriez pas envie d’aller vérifier ?

— Vous plaisantez ?

Et voilà qu’il recommence avec ses idées venues dont ne sait où...

— Vous êtes traductrice free-lance, vous pouvez travailler partout.

Je contre-attaque aussitôt :

— Et Monkey ?

— Il est à jour dans ses vaccins ? Vous pouvez l'emmener.

— Et l'appartement ?

— Mettez-le en sous-location, ça financera votre voyage.

— New York grouille de monde ! C'est immense ! Et si je me remettais à angoisser ?

— Londres aussi. Et vous vous débrouillez de mieux en mieux. Souvenez-vous, je vous avais conseillé d'écrire à un prisonnier, d'adopter un chien et de faire un voyage, et vous m'aviez ri au nez. Aujourd'hui, vous avez Zach, vous avez Monkey… Il ne reste plus que le voyage. Ce qui vous semblait impossible à l'époque est aujourd'hui votre quotidien.

— Et…

— Et si vous continuez à vous trouver des excuses, vous ne ferez jamais rien !

— Vous êtes le pire psy que je connaisse. Vous n'êtes pas censé m'inciter à la prudence ?

— « Une prudence trop excessive fait le malheur de la vie. »

— Encore Oscar Wilde ?

Il sourit.

— Prenez des risques, pour une fois, Hanna.

29

Zach

14 août

Jimmy transpire abondamment sous le soleil de New York. Il est en train de faire une série de pompes dans la cour, après avoir fini ses squats du jour. Je le scrute attentivement, assis sur une table en bois clouée au sol, en comptant chacun de ses mouvements.

Je dois admettre qu'il a pris quelques muscles. En même temps, je ne lui ai pas trop laissé le choix.

Son tatouage est en train de cicatriser. Je n'ai jamais vu une telle chochotte, même si les circonstances n'étaient pas optimales. Les dermographes n'étant, bien entendu, pas autorisés en prison, on s'en fabrique nous-mêmes. Il faut seulement un stylo, un walkman, des piles, quelques trombones et des élastiques. En démontant le walkman, on en sort le moteur, l'interrupteur, et l'emplacement à piles. Et voilà, une jolie machine à tatouer (presque) réglementaire. On y est tous passés ! Mais Jimmy a chouiné pendant tout le processus. *Chochotte !*

Au moins, maintenant, on est tranquilles. Le tatouage et ma présence dissuasive ont éloigné les connards de nazis. En attendant, Jimmy est pas près de sortir, alors il faut qu'il apprenne à se démerder tout seul. Pour le moment, ses petits biceps n'arrivent pas à dépasser vingt pompes d'affilée, s'il ne veut pas que Hans et Walter lui fassent encore le coup de la savonnette, il va falloir qu'il s'améliore.

Je finis par avoir pitié de lui.

— Allez, John Cena[1], on rentre, la séance de sport est finie.

Jimmy pousse un énorme soupir de soulagement et se redresse. Au départ, il s'affalait au sol après dix enchaînements, il a fallu que je le recadre direct. On ne s'aplatit jamais au sol devant qui que ce soit. Pas si on tient à la vie.

Il s'empare de sa serviette et s'essuie le visage dedans. *Maintenant il pue, va falloir passer par les douches !*

Quand on entre dans notre cellule, une lettre et un colis sont posés sur la table. La lettre est pour moi, le colis pour Jimmy, tous les deux de la part d'Hanna Parrish, mais ça Jimmy ne le sait pas.

Bien sûr, Hanna lui a envoyé quelque chose ! Que les gardes ont inspecté, visiblement, puisque le paquet porte le tampon du bureau des gardiens, certifiant que c'est sans danger.

Il l'ouvre avec soin. Ça devait être le genre de gosse à arracher bout de scotch après bout de scotch pour défaire l'emballage de ses cadeaux de Noël avant de plier soigneusement le papier, plutôt que de le rouler en boule avant de le jeter dans un coin.

1. Catcheur américain.

Je découvre en même temps que lui le contenu de son colis : des étoiles phosphorescentes et de la patafix. Il y a assez d'étoiles et de planètes pour représenter plusieurs galaxies.

Il se tourne vers moi, interrogateur.

— Hanna ? me demande-t-il pour s'assurer de l'expéditeur.

Je hoche la tête. Il me tourne le dos pour dissimuler son émotion, et monte sur son lit pour commencer à accrocher ses étoiles.

Je décachette la lettre d'Hanna qui m'est adressée. Je suis presque déçu, elle est plus courte que d'habitude. Puis je vois qu'elle s'intitule : « Les 100 choses à faire avant de se jeter à l'eau… »

« 1. Jeter une bouteille à la mer pour Zach.

2. Emmener Monkey chez le vétérinaire pour lui faire établir un certificat de bonne santé.

3. Louer un garde-meuble pour entreposer mes affaires.

4. Demander un visa.

5. Vérifier que mon passeport est à jour.

6. Acheter une cage de transport pour Monkey.

7. Sous-louer mon appartement.

8. Acheter deux grandes valises.

9. Prendre un vol pour New York.

10. Laisser Zach écrire la suite… »

Pu-tain !

Je suis pas un sentimental, mais j'ai envie de chialer. Je veux la voir. J'en crève d'envie. Passer ma main dans ses cheveux. Me perdre dans ses grands yeux interrogateurs. Voir son sourire en me réveillant tous les matins. J'ai jamais été un romantique, j'ai jamais fait de déclaration d'amour enflammée. J'ai jamais été amoureux. Je ne pensais pas que je pourrais crever d'amour pour une fille que je n'ai jamais vue, jamais entendue, jamais touchée.

Je me racle la gorge, ce qui attire l'attention de Jimmy.

— Ça va, mec ?

— Hanna va venir.

— Mais c'est génial !

Il voit ma mine décomposée.

— T'es pas content ?

— J'adorerais voir Hanna. Mais je veux pas que la première vision qu'elle ait de moi, la première fois qu'elle entre dans mon univers, ce soit dans un parloir.

Jimmy se gratte la tête, ses étoiles phosphorescentes toujours dans les mains.

— T'as qu'à contrôler ça.

— Contrôler ça ? Mec, je suis en taule, je contrôle pas grand-chose là.

— Tu as un papier et un crayon, non ? Alors fais-la entrer dans ton univers progressivement. T'as eu une vie avant d'aller en cabane, montre-lui ça.

Il est pas totalement con, finalement !

Je sais ce que je vais faire. J'attrape mon stylo mâchouillé et mon bloc-notes tandis que Jimmy reprend consciencieusement la construction de sa galaxie.

« *Ma merveilleuse Hanna...* »

30

Hanna

22 août

« Ma merveilleuse Hanna,

Je rêve de vous voir. J'en meurs d'envie, mais ce que je veux par-dessus tout, c'est que vous voyiez l'homme derrière le taulard.

Je ne sais pas si je peux vous demander ça, mais je vais me lancer tout de même. Ce n'est pas un défi, juste une requête... Ou si, peut-être est-ce un défi. Mais un peu différent des autres.

Alors voilà, je voudrais que vous atterrissiez à Houston plutôt qu'à New York. Vous le savez, cette ville, ce n'est pas moi, je la déteste. J'aimerais vous présenter le vrai Zach, pour que quand on se verra enfin face à face, vous voyiez plus qu'une ombre entre quatre murs, que vous sachiez qui je suis, d'où je viens, que vous ayez foulé la terre qui m'a vu naître.

Est-ce que vous me ferez assez confiance une nouvelle fois, Hanna ? Je prie pour que ce soit le cas.

Hanna Parrish du bout du monde, ceci sera la dernière lettre que vous recevrez chez vous, à Londres.

Vous trouverez les autres lettres (et autres défis) dans les lieux que je vous indique sur l'autre feuillet. On ne triche pas, Hanna. C'est une expérience pour tous les deux : j'apprends à vous attendre, vous apprenez à me connaître.

Nous en ressortirons grandis, soudés, ensemble... Ou nous n'en ressortirons pas.

Zach »

Je garde précieusement les deux lettres de Zach dans mon sac lorsque je me rends dans l'agence de voyages qui m'a été recommandée par mon psy et que je réserve un billet pour Houston. J'ai entendu son sourire, au téléphone, lorsque je l'ai appelé pour lui demander ce conseil. Oui, il est possible d'entendre un sourire !

La ravissante petite brune qui répond à mes questions m'informe qu'une place est disponible sur un vol qui part dans deux jours. J'entends les informations qu'elle me donne sans vraiment y faire attention : la liaison sera assurée par British Airways, j'aurai 10 h 40 de vol, sans escale.

Je sors ma carte bleue, et réserve une place en soute pour Monkey. Son vétérinaire m'a donné des calmants, il dormira comme un bébé dans sa cage immense pendant tout le vol, ce qui ne m'empêchera pas de m'inquiéter pour lui à chaque minute. Mais il est hors de question que je le laisse ici.

Je suis tellement perdue dans mes pensées que je n'entends pas la question de l'agent de voyages :

— Et le vol de retour ?

— C'est un billet open que je voudrais, en réalité.

— Ah, vous envisagez un long voyage ?

Je souris.

— Un très long voyage, oui.

***

Mes valises – rose fuchsia, si on ose, autant le faire carrément – sont dans l'entrée de mon appartement, à côté de la cage de Monkey. Il tourne d'ailleurs autour avec un air suspicieux. Les remplir m'a permis de faire un tri dans mes affaires, et donc d'économiser le prix d'un garde-meuble. J'ai confié la sous-location de l'appartement à une petite agence du quartier. Ils prendront tout en main. Je crois que le responsable a été épaté que je laisse tout derrière moi pour partir aux États-Unis, sans date de retour.

Je déplie la liste que j'avais envoyée à Zach. Il a commencé à la remplir à son tour.

« *10. Changer vos plans et prendre un vol pour Houston, Texas plutôt que pour New York.*

11. Louer une voiture à l'arrivée.

12. Se rendre chez Poppy's et boire un milk-shake à la fraise. Demander Tammy. Elle vous donnera ma prochaine lettre.

13. À vous de remplir... »

Je suis une fille pragmatique. Je me connecte sur Google, et cherche l'adresse de Poppy's. Street view me montre un petit *diner* sans âge, aux rayures blanches et roses. J'imagine tout de suite un vieux glacier italien.

Je note consciencieusement l'adresse avant de me mettre en quête d'un loueur de voitures.

Je choisis l'entreprise qui est la mieux notée. Le voyage sera suffisamment stressant pour que j'essaie de tout mettre en œuvre afin d'éviter les problèmes. J'hésite un moment avant de choisir une petite berline gris métallisé. Je sens qu'il va me falloir beaucoup de clim'.

Monkey sent que quelque chose se prépare, ou peut-être perçoit-il simplement ma propre agitation, il tourne dans l'appartement comme un dément. Il saute partout pour attirer mon attention et je le laisse faire. Je vais passer les deux prochains jours à le promener, avant qu'il ne passe quatorze heures – check-in et check-out compris – enfermé dans une cage.

Je m'agenouille et lui gratte les oreilles.

— On va au Texas, tu réalises ? Un chien adopté dans un refuge et une anglaise agoraphobe. Qui l'aurait cru ?

Il agite la queue dans tous les sens, comme s'il comprenait que notre vie allait prendre un nouveau tournant et qu'il était prêt pour l'aventure. Moi aussi, je suis prête. Du moins, je crois. Mais avant, j'ai une dernière chose à faire.

***

La piscine n'a pas changé. À 9 heures du matin, à l'ouverture, il n'y a personne, à part un maître-nageur qui s'ennuie, seul sur sa chaise, et pianote sur son smartphone.

Je m'arrête un instant au bord du bassin et caresse doucement le cadran de la montre de mon père, autour de mon poignet. C'est ici qu'il m'a appris à nager. Je me revois, petite fille dans mon maillot de bain à pois, hésitante, et lui, dans l'eau, tendant les bras vers moi.

— Saute, Hanna. Je te rattraperai, clame sa voix à mon attention.

Son ton rassurant apaise mes peurs d'enfant. Il m'appelait sa petite sirène. On se sent si léger quand on est immergé. On oublie tout. L'espace d'un instant, la lumière qui se reflète dans l'eau forme comme un sourire.

La Hanna d'hier rejoint la Hanna d'aujourd'hui, et c'est ensemble que nous plongeons.

***

Je dis au revoir à Monkey, et je le dépose avec les autres animaux qui voyageront en soute, deux cockers qui dorment déjà dans leur cage. Il est à moitié endormi. Je lui ai mis deux gros coussins, à manger, à boire, son poulet en plastique et un de mes tee-shirts que j'ai pris soin de porter pendant une journée complète pour qu'il absorbe mon odeur et que Monkey soit rassuré. Il me fait une dernière léchouille, comme pour me dire que tout ira bien, et s'endort aussitôt.

Il embarquera dans l'avion avant moi. Je dépose mes deux valises sur le tapis roulant puis me dirige vers les boutiques de l'aéroport pour y acheter à manger, à boire, de quoi lire pendant le voyage, un guide du Texas, un petit coussin en forme de renard pour mes cervicales, un plaid en polaire dans sa housse, un masque pour dormir et de grosses chaussettes.

Les lettres de Zach, elles, sont bien pliées dans mon sac, dans une pochette hermétique, pour les protéger. Hors de question que je les laisse dans ma valise.

Lorsque j'embarque enfin, le soleil se couche sur Londres. Je m'installe près du hublot et sors mes magazines que je range dans la pochette du siège devant moi. Je fais tourner lentement la montre de mon père autour de mon poignet. Dans mes cheveux, le foulard rouge de ma mère. Armée de leur amour, je suis invincible.

L'avion décolle au moment où la nuit tombe sur la capitale anglaise, qui n'est plus qu'une nuée de lumières. Plus on monte, plus les lampadaires prennent l'aspect de centaines de petites étoiles.

Je ferme les yeux, je me sens libre comme jamais. Me revient en mémoire une phrase que ma grand-mère, une écossaise d'une douceur incroyable, me répétait souvent lorsque je me montrais difficile : « Au bout de la patience, il y a le ciel. »

31

Zach

24 août

Jamais une lettre n'a été aussi difficile à écrire. Sans doute parce que je remets depuis longtemps le moment de la rédiger et de l'envoyer. Mais il faut que je le fasse : l'avion d'Hanna est peut-être quelque part au-dessus du Pacifique en ce moment-même. Si je ne parviens pas à franchir le cap d'écrire, les deux femmes que j'aime le plus au monde auront une sacrée surprise. Alors je me lance. Je n'ai que trop attendu.

« *Abuelita,*

Je sais que cette lettre va te surprendre. Sans doute parce que je n'ai pas donné de nouvelles depuis des années. Je suis désolé de la peine que je t'ai causée et de celle que je m'apprête à te causer à nouveau. Voilà, je suis en prison. Tu te doutais que cela finirait comme ça, tu l'avais prédit tant de fois. À force d'accumuler les erreurs, c'était inévitable... Je suis tellement désolé. N'oublie pas que je t'aime, de tout mon coeur, et, surtout, n'oublie pas que tu m'aimes.

Je t'écris pour une autre raison. J'espère que tu apprécies toujours les surprises. J'ai rencontré quelqu'un. Elle s'appelle Hanna, elle est anglaise. Nous nous écrivons depuis quelques mois, et elle a su voir en moi ce que personne, à part toi, n'a jamais distingué. Elle est belle, douce, brillante... C'est presque trop beau pour être vrai, pourtant je crois que ça l'est. Je n'ai jamais autant espéré une chose. Mais, avant qu'elle ne vienne me voir ici, dans ce lieu triste et déprimant où je suis enfermé, je voulais qu'elle connaisse le vrai Zach, celui que toi seule connais. Alors je te l'ai envoyée, elle arrivera dans quelques jours, avec son chien Monkey qui semble être un sacré numéro. J'aimerais que tu lui racontes tout de notre vie, y compris les passages sombres. Tu verras, Hanna n'est pas le genre à trembler devant la difficulté. Elle est comme toi : forte, fidèle, optimiste. Je crois que c'est pour ça que je l'aime tant, elle sait que c'est de la noirceur que naît la clarté, de la tristesse que naît l'espoir.

S'il te plaît, aime-la, comme tu m'as aimé, comme tu m'aimes encore, j'espère.

Je joins à cette lettre un message que tu devras lui donner, si tu le veux bien, quand elle sera là. Elle a encore quelques étapes à franchir avant de te rejoindre. J'aurais voulu te l'envoyer tout de suite, mais le chemin que je lui réserve est nécessaire si je veux qu'elle apprenne à me connaître.

Je t'aime,

Ton Zach »

Je prends les deux enveloppes qui m'attendent sur le bureau. Dans la première, la plus petite, je glisse ma lettre pour Hanna, déjà écrite et cachetée. Dans la seconde, plus grande, en kraft, je glisse l'enveloppe pour Hanna et la lettre que je viens d'écrire. Je note l'adresse, puis je ferme et attends sagement que le prisonnier en charge du courrier passe devant ma cellule.

Jimmy jette un coup d'œil dans ma direction et siffle :

— Dis donc, Bowman, elle sait, Hanna, que t'écris à Carmen en même temps ? C'est un prénom *muy caliente* ça, Carmen. Je parie qu'elle a le sang chaud. Le genre de nana à faire fantasmer tout le quartier !

J'ai envie de rire, mais je me retiens.

— Ah, ça, c'est certain ! Et encore, le quartier, c'est rien. Tous les États-Unis si tu veux mon avis ! Hanna n'est pas au courant, mais je suis presque sûr qu'elle ne sera pas jalouse.

— Elle est peut-être cool, la British, mais pas à ce point !

— Elle n'y verra pas grand-chose à redire, je t'assure. D'ailleurs, je leur ai organisé une rencontre à toutes les deux dans quelques jours. Elles pourront faire connaissance.

— Mec, t'es ouf ! Bagarre de gonzesses en perspective !

— J'espère pas. Carmen *es mi abuela*.

Jimmy me regarde avec des yeux de merlan frit.

— Quoi ?

Comme il ne comprend rien, je traduis :

— Carmen, c'est ma grand-mère !

32

Hanna

24 août

— Mesdames et messieurs, notre avion va amorcer sa descente sur Houston. Veuillez relever vos tablettes et attacher votre ceinture pendant toute la durée de l'atterrissage.

L'annonce de l'hôtesse dans le haut-parleur me réveille de la somnolence dans laquelle j'avais plongé sans avoir besoin de prendre de médicament. Moi qui angoissais de supporter difficilement le voyage, cela s'est finalement bien mieux passé que prévu. Mes peurs m'abandonnent peu à peu, grâce à Zach.

Je colle mon visage au hublot. Il y a des champs à perte de vue. Un paysage aride, avec une grande ville au milieu. Houston. La Terre promise de Zach. La mienne aussi, je l'espère.

***

La chaleur me tombe dessus dès ma sortie de l'avion. Une chaleur aride, sèche, qui vous prend à la gorge. Je comprends mieux pourquoi toutes les photos du Texas montrent des hommes avec des chapeaux de cow-boy, cela semble indispensable pour survivre ici.

Je marche d'un pas rapide, pressée de récupérer Monkey. Arrivée à la zone de débarquement des bagages, je charge mes deux grosses valises fuchsia sur un chariot et me dirige vers l'espace de fret. Un coup d'œil me rassure : mon chien va bien. Il remue la queue comme un fou lorsque je le sors de sa cage pour lui attacher sa laisse. Il lèche toutes les parties de mon corps qu'il peut atteindre, fou de joie. Les effets du somnifère se sont dissipés, et il est excité de découvrir l'aventure qui s'offre à nous.

Je charge sa cage au-dessus des valises et me dirige vers la sortie. Je dois aller récupérer la voiture que j'ai louée, mais Monkey passe d'abord, alors je lui fais faire un petit tour dans l'espace vert qui borde l'aéroport. Malgré la puissance du soleil en ce mois d'août, l'herbe n'est pas desséchée, grâce aux dizaines de petites buses d'arrosage automatique qui, soudain, déversent des milliers de gouttelettes sur Monkey, ravi. Une fois qu'il s'est suffisamment défoulé et qu'il a reniflé chaque centimètre carré de la pelouse, je me dirige vers le comptoir de location de voiture. Un employé à l'accent texan très prononcé me remet les clefs d'une petite berline grise toutes options, clim' et GPS inclus.

Je sors de l'aéroport avec prudence : aux États-Unis, on roule à droite, et je n'ai vraiment pas l'habitude. Heureusement, la voiture est une automatique, comme celle que je conduisais avant mon accident. Je suis crevée et j'ai envie de dormir, mais je tiens à obéir à Zach et à suivre sa liste (*« 12. Se rendre chez Poppy's et boire un milk-shake à la fraise. Demander Tammy. »*), alors je laisse le GPS de ma voiture de location m'emmener jusque chez Poppy's. La clim' est à fond et Monkey somnole sur la banquette arrière, il se remet du *jet-lag*. Je respire enfin correctement, je suis plus à mon aise dans cet espace clos qu'au milieu de la foule de l'aéroport.

***

La devanture de Poppy's ne paye pas de mine. La peinture rose est écaillée, et il manque une lettre au néon jaune qui orne la devanture. Je traîne Monkey hors de la banquette arrière, il sort de l'habitacle frais avec réticence. Je le comprends !

La sonnette tinte lorsque j'entre dans le *diner*. Zach n'avait pas menti lorsqu'il parlait de l'obsession de Tammy pour David Hasseloff. Les murs sont remplis de photos de lui, et on devine que la pièce maîtresse se trouve derrière le comptoir : un grand poster de l'acteur dans *Alerte à Malibu*.

Je m'accoude au bar et commande un milk-shake, comme je l'avais promis à Zach. La serveuse fait des mamours à Monkey et pose devant lui un grand bol d'eau bien fraîche qu'il lape avec reconnaissance.

Une fois attablée au comptoir, sur un tabouret haut, devant ma boisson à la fraise, je laisse la première gorgée exploser dans ma gorge desséchée. *Oh mon Dieu, que c'est bon !* Boire un milk-shake pour la première fois à Londres aurait été une expérience incomplète, il fallait que je me retrouve sous ce cagnard pour en apprécier toute la saveur. Heureusement, des ventilateurs rétro diffusent une agréable fraîcheur dans tout le *diner*, rendant l'atmosphère agréable.

Les serveuses sont habillées comme dans les années 60 et juchées sur des patins à roulettes. Je songe à demander Tammy lorsque je m'aperçois qu'elles portent toutes un badge avec leur prénom : « Maddie », « Kirsten »…

Lorsqu'une serveuse rousse, qui doit avoir une bonne quarantaine d'années, sort de la cuisine en portant une assiette où trône le plus grand hamburger que j'aie jamais vu, instinctivement je devine que c'est Tammy. Son badge me confirme que je ne me suis pas trompée.

Elle passe deux fois devant moi avant que je trouve le courage de l'aborder :

— Excusez-moi ?

La serveuse se retourne vers moi avec un grand sourire.

— Oui, ma belle ?

Je ne sais pas comment lui poser la question. C'est gênant.

— Vous devez avoir une lettre pour moi, je crois.

Son visage s'illumine soudain.

— Oh, vous êtes Hanna ! La petite fiancée de Zach !

Le rouge me monte aux joues, et je prie pour qu'elle mette ça sur le compte de la chaleur. C'est bien la première fois que quelqu'un m'appelle « petite fiancée ».

Tammy farfouille derrière le comptoir et en extirpe une enveloppe où seul mon prénom est inscrit, de l'écriture nerveuse de Zach. Mon cœur rate un battement en l'apercevant.

Tammy me regarde, taquine.

— Il s'est encore mis dans de beaux draps, ton homme, ma belle, hein ? Et pourtant c'est un bon garçon, ça tu peux me croire. T'as un bel accent, tu viens d'où ?

— De Londres.

— De Londres ? Eh ben ! Mais tu dois être affamée, non ?

Avant que j'aie pu prononcer le moindre mot, Tammy disparaît en cuisine et réapparaît cinq minutes plus tard avec un burger au bacon, des frites maison, des oignons frits, et les plus énormes cornichons que j'aie jamais vus. Elle pose devant Monkey une petite assiette emplie de gras de bacon, se faisant par la même occasion un ami pour la vie.

Je ne pensais pas pouvoir manger autant mais, à ma grande surprise, je termine mon assiette, jusqu'au dernier oignon frit. Tammy débarrasse ma table avec un air approbateur.

Ce n'est qu'après que je me décide à ouvrir la lettre de Zach.

« *Mon Hanna,*

Si vous lisez ces mots, c'est que vous avez tenu compte de ma requête et que vous n'êtes pas venue à New York. Vous vous êtes envolée pour le Texas, sur mes traces. Merci Hanna. Merci pour votre confiance. Merci d'être vous.

Bienvenue aux États-Unis. Je m'imagine à l'aéroport de Houston, piétinant en attendant votre arrivée. J'aurais un panneau avec votre prénom écrit en grand dessus. J'aurais changé trois fois de chemise et finalement j'aurais enfilé mon tee-shirt porte-bonheur, tout délavé, avec le logo de Nirvana. Je vous verrais au loin, traînant votre énorme valise, vos cheveux blonds ébouriffés par le long voyage, un peu perdue. Alors je cesserais d'être nerveux, et je me dirigerais droit vers vous pour commencer la plus grande aventure de ma vie.

Maintenant, vous devez être en train de siroter pour nous deux un délicieux milk-shake à la fraise...

Mettez une pièce dans le jukebox et choisissez Hooked on a feeling, ça fera plaisir à Tammy.

La prochaine étape de votre voyage vous mènera à San Antonio, à très exactement 313, 30 kilomètres de chez Poppy's. C'est là que je vous aurais emmenée pour notre premier rendez-vous, nous aurions flâné le long du fleuve, sur la fameuse "San Antonio River Walk" et je vous aurais tenu la main pour la première fois. La balade finie, rendez-vous à la réception de l'hôtel Indigo. Une autre enveloppe vous y attendra. À très vite, Hanna.

Zach

P.-S. : Assurez-vous de pouvoir rendre la voiture de location à San Antonio. J'ai une surprise pour vous ! »

Je souris en repliant la lettre. Je sors un stylo et je complète la liste :

« *13. Aller à l'hôtel Indigo.*
14. Flâner sur la San Antonio river Walk. »

Sans me demander mon avis, Tammy pose devant moi une énorme coupe de glace au chocolat surmontée de chantilly. Elle doit penser que le voyage depuis Londres m'a pris une semaine et que je n'ai rien mangé pendant tout ce temps…

Je ne pensais pas pouvoir avaler une bouchée de plus. Force est de constater que je me suis trompée, j'attaque ma glace avec enthousiasme. La serveuse sourit.

— C'est bien, ma belle. Faut te remplumer un peu. Tu passes la nuit où ?

— Je n'en sais rien encore, il faut que je trouve un motel.

— Hors de question, fillette ! Une de mes amies tient une pension pas loin d'ici. Tu auras une chambre et le petit déjeuner. Je l'appelle tout de suite.

Elle s'éloigne en me faisant un clin d'œil complice.

Une minute plus tard, elle revient et me tend un post-it où est griffonnée une adresse.

— Elle t'attend, mon chou. Tiens, voilà où aller !

Mon cœur déborde de gratitude.

— Merci Tammy ! J'y vais tout de suite, je ne suis pas contre une douche et un peu de sommeil.

Je sors mon portefeuille, mais elle m'arrête d'un geste.

— C'est hors de question, ma petite ! Le repas est offert. Zach, c'est la famille.

— Mais…

— Il n'y a pas de « mais » qui tienne ! Va te reposer, Hanna.

Elle contourne le comptoir, et me serre dans ses bras.

— Prends soin de toi et de Zach, ma jolie. Embrasse-le pour moi quand tu le verras.

— C'est promis. Merci mille fois, Tammy.

Je m'apprête à sortir lorsque je me souviens de la deuxième partie de ma promesse. Je sors un billet d'un dollar, me dirige droit vers le jukebox, Monkey sur les talons, et enclenche *Hooked on a feeling*. La voix de David Hasseloff s'élève des hauts-parleurs.

I can't stop this feeling,
Deep inside of me.
Girl you just don't realize,
What you do to me[1]*...*

Tammy m'envoie un baiser, et je sors à nouveau dans la chaleur aride.

***

L'amie de Tammy, Gloria, est à son image : généreuse et souriante. Je découvre vite qu'au Texas, les climatiseurs sont obligatoires dans chaque maison.

J'ai une jolie chambre au papier vert tendre, avec un grand lit blanc en fer forgé. La couverture et les oreillers sont remplis de volants. Cette chambre est la définition même du mot « douillet ».

J'ai une envie folle de m'effondrer sur le lit et de ne plus bouger, mais j'ai conscience qu'il me faut une douche. Je me force donc à me diriger vers la salle de bains, dans laquelle flotte une merveilleuse odeur d'amande douce.

---

1. « Je ne peux lutter contre ce sentiment, / Au plus profond de moi. / Ma belle, tu ne réalises pas, / Ce que tu provoques en moi... »

***

Installée au bureau, rafraîchie par ma douche, j'écris une courte lettre à Zach pour lui raconter mon arrivée. Puis je glisse la lettre dans une enveloppe. Je la posterai quand je pourrai, mais j'ai besoin de coucher mes mots sur le papier dès maintenant. Je ne peux pas laisser passer une journée aussi importante sans lui écrire. Je ne peux plus passer une seule journée sans lui, c'est aussi simple que ça.

Je découvre que, pendant mon absence, Gloria a déposé une bouteille d'eau glacée et un verre sur la table de chevet. Il y a au pied de mon lit une couverture pliée que je devine être pour Monkey. Un bol d'eau trône à côté. Monkey sent que c'est sa place, parce qu'il s'y pelotonne aussitôt.

Il est à peine 17 heures, mais je me sens usée et je ne tarde pas à m'endormir, bercée par le ronronnement du climatiseur et les ronflements de mon chien.

33

Zach

25 août

Hanna doit être arrivée à Houston. Du moins, je l'espère. Non, j'y crois ! Elle n'est pas du genre à refuser l'obstacle. Hanna est forte, étonnante, déterminée.

Quel que soit le jour où son avion atterrira, elle trouvera Poppy's ouvert et Tammy à son poste.

Je suis partagée entre deux sentiments : la joie intense et la panique. J'ai peur qu'elle déteste le Texas, qu'elle regrette d'être venue. J'ai peur qu'elle se perde, qu'elle fasse une mauvaise rencontre. Mais, plus que tout, j'ai peur qu'elle n'aime pas le Zach qu'elle va découvrir.

Mais me dire qu'elle n'est sûrement plus qu'à deux heures de vol de moi, plus proche qu'elle ne l'a jamais été, me remplit d'un bonheur immense.

Je lui ai prévu tout un cheminement, comme un parcours initiatique, qui l'amènera à la découverte de l'homme que j'étais, et jusqu'à l'homme que je suis devenu. Je veux qu'elle connaisse tout de moi. Entre Hanna et moi, il n'y aura jamais ni non-dit, ni mensonge, je m'en suis fait la promesse quand je lui ai déclaré ma flamme (comme dirait ma grand-mère). On n'est pas dans un film Hallmark[1], mais pour moi c'est presque aussi beau.

Le gars d'à côté fredonne *America* de Simon and Garfunkel. Je ne l'ai jamais entendu parler, il ne fait que chanter toute la journée. Avant, ça me tapait sur les nerfs, maintenant j'aime bien. Je crois que les gardiens aussi, parce qu'ils ne s'en plaignent pas. La musique adoucit les mœurs, il paraît.

Mais j'ai compris que le jukebox sur pattes n'était pas sourd récemment, quand le gardien m'a remis une lettre d'Hanna et qu'il s'est mis à chanter :

Oh Annalee, Annalee
Don't you know I'm on to you[2] *?*

J'avais oublié que la vie privée est une notion très relative ici. Visiblement, tout le couloir est au courant de ma relation avec Hanna. Jimmy s'est marré, et M. Jukebox nous a enchaîné toute la chanson trois fois de suite. À la fin, tous les détenus tapaient des mains en rythme et reprenaient le refrain. J'ai même vu un gardien taper du pied. Alors, au lieu de m'énerver, j'en ai pris mon parti et j'ai chanté avec les autres, à la grande joie de Jimmy, qui me voyait déjà ruminer pendant des heures.

---

1. Chaîne de télévision américaine.

2. « Oh Annalee, Annalee / Ne sais-tu pas que je suis avec toi ? » (*Annalee*, Gavin DeGraw)

Oh Annalee, Annalee
Don't you know I'm on to you ?
Your eyes are bright as chandeliers
But I see the truth
Your mystery, Annalee
Got them falling from the roof
Hypnotized and paralyzed
But That's nothing new Annalee,
You know that I'm on to you[1].

J'y ai pris un plaisir non dissimulé. Qui aurait cru que, derrière ces murs, la joie pouvait aussi faire son apparition ? Est-ce que les chanteurs savent que leur musique peut forcer des barreaux ?

---

1. « Oh Anna-lee, Anna-lee / Ne sais-tu pas que je suis avec toi ? / Tes yeux brillent comme des lustres, / Mais je discerne la vérité, / Ton mystère, Anna-lee. / Je les ai fait tomber du toit, / Hypnotisés et paralysés, / Mais il n'y a rien de nouveau à ça, Anna-Lee / Tu sais que je suis avec toi. »

34

Hanna

25 août

Il est près de 10 heures lorsque j'émerge de ma nuit. Je m'étire lentement, savourant la sensation des draps frais sur ma peau. Monkey a profité de mon sommeil pour quitter sa couverture et monter sur mon lit. Allongé à mes pieds, il veille, ses grands yeux doux fixés sur moi.

Il bondit du lit, alors je comprends le message : « Sors-moi, Hanna. » J'enfile mes sandales et j'attrape sa laisse. Le quartier est animé, des enfants jouent au frisbee, Monkey renifle partout.

Lorsque je regagne la pension de Gloria, une agréable odeur de bacon et de pancakes me chatouille les narines. La propriétaire des lieux me sert un immense verre de jus d'orange pressé, une salade de fruits, quatre pancakes, des œufs et quatre tranches de bacon. Je commence à me dire que Tammy lui a laissé des instructions pour m'engraisser, mais je m'en moque et avale consciencieusement l'énorme assiette.

Je grimpe me changer. J'ai adoré mes premières heures au Texas, mais Zach m'a laissé des instructions (*« 13. Aller à l'hôtel Indigo ; 14. Flâner sur la San Antonio river Walk »*) et je dois m'y tenir. Je me douche, m'habille puis redescends dire au revoir à Gloria et payer ma pension.

— Ce sera dix dollars pour toi, Hanna. Pour la petite amie de Zach, c'est le tarif famille.

Je suis si interloquée que je tends les dix dollars sans protester. Zach semble être vraiment apprécié, ce qui ne m'étonne pas du tout. Il est aussi populaire que je suis solitaire.

Je fais grimper Monkey dans la voiture lorsque Gloria surgit derrière moi avec un panier en osier, dans la plus pure tradition du Sud.

— Je t'ai préparé des sandwichs et une bouteille de jus d'orange frais pour la route, Hanna. Et il me restait un paquet de croquettes presque plein qu'un touriste avait laissé. Pour Monkey.

Gloria est la gentillesse incarnée, tout comme Tammy. En la serrant une dernière fois dans mes bras pour la remercier, je me dis que Zach sait s'entourer.

Je prends la route et passe par des villes au nom poétique : Katy, Colombus, Weimar, Flatonia, Sequin…

***

Lorsque les immeubles de San Antonio se dressent à l'horizon, je pousse un soupir de soulagement. Les trois heures et demie de route que je viens d'enchaîner m'ont semblé interminables. Et que dire de Monkey qui a alterné aboiements et sieste ?

En me garant devant l'hôtel *Indigo*, je crois rêver. Dans la plus pure inspiration espagnole, il est sublime. Les tons beige et orangé de ses murs sont chaleureux à souhait. Il y a une ravissante fontaine, parfaitement assortie aux merveilleux ornements en fer forgé qui ornent la façade.

Au moment où j'entre dans le hall avec Monkey, je pousse un soupir de soulagement. Le marbre froid doit faire du bien aux pattes du chien.

Ne sachant pas trop quoi faire, je me dirige vers la réceptionniste.

— Bonjour. Euh… Je m'appelle Hanna Parrish, et…

— Ah oui ! Bonjour, Mademoiselle Parrish. Je suis Mary. Juan a géré votre réservation. Chambre 212, pour quatre jours.

— Ma… réservation ?

— Oui… C'est bien pour quatre jours, n'est-ce pas ?

— Ce n'est pas…

Je ne peux quand même pas expliquer à Mary que je suis un jeu de piste organisé par quelqu'un que je n'ai jamais vu – et qui se trouve être en prison –, avec qui j'entretiens une relation plus qu'épistolaire ; alors j'acquiesce.

— Quatre jours, oui, c'est ça !

Mary me tend la clef.

— L'ascenseur est au fond du hall. La chambre se trouve au deuxième étage, à droite, la dernière au fond du couloir. Passez un bon séjour, Mademoiselle Parrish. N'hésitez pas à contacter la réception si jamais vous avez le moindre problème.

— Le chien ne dérange pas ?

— Pas du tout, du moment qu'il est propre et ne réveille pas les clients la nuit.

Je la rassure et traîne ma valise sur le marbre blanc du hall dans la direction qu'elle m'a indiquée. Monkey trotte bien sagement à mes côtés, reniflant partout.

La chambre est ravissante, et son balcon donne directement sur la petite fontaine d'inspiration mauresque que j'ai vue en arrivant.

Sur la table, il y a une corbeille de fruits dans laquelle trône une enveloppe avec mon prénom. Je reconnaîtrais cette écriture entre mille : Zach.

Je libère Monkey de sa laisse et me rue sur la lettre.

« Mon Hanna,

Si vous lisez ces mots, c'est que vous êtes bien installée dans votre chambre à l'hôtel Indigo. Je vois d'ici votre air étonné. Je ne sais pas si vous avez déjà rencontré Juan. C'est mon cousin, et il me devait une petite faveur, d'où cette chambre. C'est aussi lui qui vous déposera mes lettres tout au long de votre séjour là-bas.

La première étape, c'est la San Antonio Walk. Je vous conseille le bar avec les parasols de toutes les couleurs (vous ne pouvez pas vous tromper). Buvez-y un After Glow pour moi. Quand nous étions adolescents, Andy et moi, nous faisions l'école buissonnière pour aller y siroter un cocktail (sans alcool pour lui, moi par contre...). L'After Glow était son préféré. C'est un mélange d'orange, d'ananas et de grenadine. C'est très sucré, ça a la couleur exacte d'un coucher de soleil.

Demain, une autre lettre vous attendra au même endroit.

Si vous voyez Juan, remerciez-le de ma part
À demain, Hanna.

Zach

P.-S. : Regardez sous votre oreiller, pour la surprise promise. »

Je plie la lettre et la range dans ma valise, avec les autres, bien précieusement. Juste après avoir reporté la prochaine étape sur notre liste :

« 15 : Siroter un After Glow. »

Puis je me précipite sur mon lit. En dessous de mon oreiller, il y a une clef de voiture. Elle a l'air ancienne. J'ai beau retourner les autres oreillers, aucun petit mot ne l'accompagne.

Je ne vois qu'une seule manière de savoir ce qu'elle ouvre…

Je siffle Monkey et, ensemble, nous nous dirigeons vers le parking. Au milieu des SUV et autres berlines, il y a une vieille Chevrolet Camaro bleu-gris, avec des bandes blanches sur le capot.

Après avoir jeté un coup d'œil alentour, je glisse la clef dans la serrure. Elle convient parfaitement. *Bien entendu.*

J'espère que ni Zach ni son cousin n'ont volé cette voiture, mais un coup d'œil au certificat d'immatriculation me rassure : la voiture est au nom de Zachary Bowman.

Zach me prête sa voiture !

C'est un bijou, mon père en aurait été dingue. Elle date de 1967 et, à part l'intérieur – dégoûtant, il faut bien le dire, apparemment ni Juan ni Zach ne sont maniaques vu le nombre impressionnant de paquets de chips vides à l'arrière –, elle est en parfait état et démarre dès que je tourne la clef dans le contact. Maintenant, il faut que je rende la voiture de location. Je ferme la voiture à regret et reprends la mienne. Il y a un bureau où je peux la déposer, près du San Antonio Walk. Je branche le GPS et la clim' – deux équipements qui vont me manquer dans la voiture de Zach –, et laisse sagement la voix monocorde me guider jusqu'à l'agence. Je devrai rentrer en taxi à l'hôtel, mais je m'en moque.

***

Monkey et moi flânons sur la promenade près du fleuve. Nous nous offrons même un tour de bateau sur cette eau bleue presque turquoise. À force de vivre près de la Tamise, j'avais oublié que l'eau pouvait avoir cette couleur.

Monkey a envie de se jeter dans l'eau, je suis obligée de le retenir par son collier pour l'empêcher de passer à l'acte.

Une fois la balade terminée, je me mets en quête du bar mentionné par Zach.

Au bout de vingt minutes de marche, qui me paraissent trop courtes tant la promenade est belle, nous finissons par le dénicher. Il y a une ravissante terrasse sur un ponton au-dessus du fleuve. Le temps est splendide, et je sirote mon After Glow avec délice.

La serveuse a apporté un grand bol d'eau fraîche pour Monkey. Les gens ici sont si différents des Londoniens pressés et peu loquaces. Ils sont amicaux, adorent les animaux et sont très expansifs. C'est tellement agréable de pouvoir flâner, discuter, prendre le soleil. Je ne me suis pas sentie aussi bien depuis des années.

Être ici, c'est comme être dans les bras de Zach. Je comprends mieux pourquoi il est amoureux de cet endroit.

Je prends l'enveloppe qui contient la lettre que j'ai écrite chez Gloria et je saisis la petite ombrelle de mon cocktail pour la glisser dedans. Puis je sors mon bloc-notes de mon sac à main et commence un nouveau courrier.

« *Cher Zach...* »

35

Zach

28 août

« Cher Zach,

Je suis bien arrivée sur le sol américain. Et j'ai découvert le fameux Poppy's. Après avoir dégusté un milk-shake à la fraise absolument fabuleux et fait la connaissance d'une Tammy aussi délicieuse que les plats qu'elle sert, je suis chez Gloria. Vous devez voir qui c'est. Elle, en tout cas, semble vous apprécier car elle m'a réservé le meilleur accueil. Je suis heureuse. Exténuée, mais heureuse. Vous aviez raison à propos du Texas. On s'y sent tout de suite chez soi. J'ai hâte d'entreprendre le reste de notre voyage. Parce que vous êtes là, près de moi, n'en doutez pas.

Hanna »

Je souris en repliant la première lettre, et, sans même reprendre ma respiration, j'enchaîne sur la seconde :

« Cher Zach,

Siroter un coucher de soleil, voilà une expérience inédite. J'ai enfin foulé le sol américain, bu un milk-shake à la fraise, rencontré Tammy, et Gloria, découvert l'hôtel Indigo, déniché votre Camaro et emmené Monkey se promener sur la San Antonio Walk. Tout cela en quarante-huit heures.

Le soleil se couche sur San Antonio et projette des ombres colorées au travers des parasols.

C'est si beau qu'on se croirait dans un kaléidoscope géant. Je comprends mieux maintenant pourquoi vous aimez tant cet endroit. Je n'ai pas encore vu la fameuse terre rouge dont vous m'avez parlé lors de nos premiers échanges mais je ne désespère pas de la découvrir.

Je n'ai qu'un seul regret : que vous ne soyez pas ici, avec moi. Mais comme je pense à vous à chaque seconde, c'est un peu comme si c'était le cas, non ?

Mais un jour, un beau jour, vous serez là, assis en face de moi, et c'est ensemble que nous regarderons ce coucher de soleil. Je pense à vous.

Hanna »

Elle a glissé dans l'enveloppe une petite ombrelle en papier crépon rose, sûrement celle qui ornait son cocktail.

Une Hanna, on n'en rencontre qu'une seule fois dans une vie. Quand on a de la chance. J'ai envie de lui parler ou de parler d'elle, tout le temps, à chaque seconde. Du coup, une fois n'est pas coutume, je raconte à Jimmy ce qui est en train de se passer. Il m'écoute patiemment, en se balançant d'avant en arrière sur son lit.

Quand j'ai fini, il a la bouche ouverte si grande que je suis sûr que je pourrais enfoncer mon poing entier à l'intérieur.

— La vache ! Et Hanna ne sait pas qu'elle va rencontrer ta grand-mère ! Ni pourquoi tu es en tôle !

— Non…

— Putain… Je donnerais cher pour voir le spectacle. Tu dois faire dans ton froc à l'idée que ça se passe mal, mon gars.

Je l'aurais sûrement dit plus gracieusement, mais il n'a pas tort. J'essaie d'affecter un air assuré pour lui répondre :

— Y a pas de raison. Ma grand-mère va pas la manger, quand même !

Au moment même où je prononce ces mots, je me dis que ça risque fort de ne pas être simple.

36

Hanna

26 août

Je me réveille avec le sentiment que le monde m'appartient. Il est à peine 9 heures, Monkey ronfle encore, et je suis impatiente de démarrer ma journée. Je suis comme une petite fille le matin de Noël, attendant avec frénésie de découvrir ses cadeaux.

Chaque journée passée ici est miraculeuse, je me réveille le matin avec une gratitude immense pour ce que la vie m'apporte. Je ne sais pas si c'est Zach, le Texas, ou si c'est d'être si loin de chez moi pour la toute première fois, mais j'aime ma vie telle qu'elle est, et lorsque Zach sera sorti de prison et m'aura rejointe ce sera vraiment le plus beau de tous les cadeaux.

C'est pleine d'optimisme que je me lève et écarte d'un geste assuré les doubles-rideaux qui masquent le soleil matinal.

On frappe à la porte ; lorsque j'ouvre, un chariot roulant avec le petit déjeuner m'attend sur le seuil. Devant un vase contenant une seule et unique rose blanche, une lettre, que je devine être de la main de Zach. Le jeune homme latino-américain derrière le chariot me sourit avec gentillesse. Il porte l'uniforme des employés de l'hôtel.

— Vous devez être Hanna ?

— Exact. Et vous, vous êtes Juan, le cousin de Zach.

— Je suis ravi de vous rencontrer. J'aurais voulu être là pour vous souhaiter la bienvenue hier, mais ma femme a accouché la semaine dernière et elle a vraiment besoin de moi à la maison, avec le bébé.

Je lui souris.

— Toutes mes félicitations. Fille ou garçon ?

— Fille. Elle s'appelle Maria.

Et, comme tous les jeunes papas, il me sort une photo de son portefeuille, un Polaroid, représentant un nouveau-né brun et chevelu, avec les plus jolis yeux noisette qu'il m'ait été donné de voir. Je peux lui dire en toute objectivité à quel point sa fille est magnifique.

Il rayonne de fierté, mais un coup d'œil à sa montre lui rappelle ses obligations.

— Je dois vous laisser, Hanna. N'hésitez pas si vous avez besoin de quoi que ce soit.

— Merci beaucoup.

Il pousse le plateau jusque dans la chambre, puis ressort et me laisse seule.

Le bacon et les œufs qui m'attendent sont vraiment appétissants, mais je n'ai d'yeux que pour la lettre de Zach. Je l'ouvre avec hâte tandis que Monkey, profitant de ma distraction, se roule avec délice sur le couvre-lit en satin.

« Mon Hanna,

Chaque jour qui passe nous rapproche l'un de l'autre et mon coeur ne parvient pas à retrouver un rythme normal tant il semble vouloir s'échapper de ma poitrine et aller jusqu'à vous. Bien sûr, le chemin est encore long, mais aujourd'hui je n'ai plus peur du temps.

Lorsque je ferme les yeux, le soir, je vous vois aussi distinctement que si vous étiez devant moi, vous marchez dans la lumière du soleil, comme en équilibre parfait sur un fil tendu entre deux branches, et je vous attends de l'autre côté, tremblant de peur, tremblant d'amour.

Avant de faire votre connaissance, je n'imaginais pas qu'on puisse aimer quelqu'un à ce point, surtout sans l'avoir jamais vu. Comme j'étais bête alors, Hanna.

Lorsque je sortirai d'ici, je jure de passer chaque jour à tenter de mériter votre amour. La vie est bien plus belle depuis que vous êtes là.

Alors, aujourd'hui, je veux vous montrer la beauté du monde. Prenez la Camaro et allez à Enchanted Rock. J'y suis allé si souvent que, si ma voiture était un cheval, elle vous y emmènerait sans même que vous le lui demandiez.

Il y a tellement de choses dans le monde, Hanna. Et tellement peu qui comptent réellement.

Zach »

J'avale mon petit déjeuner en quatrième vitesse. L'hôtel *Indigo* est magnifique, la San Antonio River Walk sublime, alors j'ai vraiment hâte de découvrir ce que me réserve Zach aujourd'hui. J'ignore ce qu'est

« Enchanted Rock », mais rien que le nom me laisse rêveuse. *Le rocher enchanté...* Mon imagination se débride et je me prends à rêver que c'est un rocher qui exauce les souhaits quand on le touche. Je sais bien quel vœu je ferais, si je le pouvais.

Je poursuis notre rituel, ressors la liste de mon petit sac en bandoulière, et note avec application :

« *16. Aller à Enchanted Rock* »

Puis je la replie, rebouche le stylo, et range le tout dans mon sac.

Je me douche et m'habille : short, débardeur et baskets. Je m'arrête à la boutique de l'hôtel pour me procurer une carte et des bouteilles d'eau.

Monkey saute joyeusement sur la banquette avant de la voiture. Je n'ai pas eu le temps de débarrasser les sièges arrière de leurs paquets de chips.

Je me mets en route doucement. La réceptionniste a eu la bonté de m'indiquer Enchanted Rock sur ma carte du Texas. Il y a une petite heure de route, heure que Monkey passe la tête sortie par la fenêtre, oreilles au vent et langue pendante.

La prise en main de la Camaro est ardue. Il n'y a ni climatisation ni direction assistée, et la boîte de vitesses est capricieuse. Cependant, j'éprouve un plaisir presque sauvage à conduire cette voiture à l'ancienne.

Lorsque je me gare sur le parking d'Enchanted Rock, Monkey saute de la voiture et m'attend sagement le temps que je lui mette sa laisse. Lui aussi, il change, il s'apaise depuis que nous sommes là. Il n'a plus rien du chien fou qui a mangé mes chaussures et retourné mon appartement à Londres quand je l'ai laissé seul un moment. L'air du Texas lui rend sa sérénité.

Je fourre les bouteilles d'eau tiédies dans mon sac à dos, et je me mets en marche.

En réalité, Enchanted Rock est un énorme rocher de granite rose de plus de cinq cents mètres de haut. Sur le sentier qui mène au sommet, Monkey et moi admirons les plaines arides qui s'étendent à des kilomètres à la ronde, de part et d'autre.

Cinq bons kilomètres de marche en dénivelé sont nécessaires pour arriver tout en haut de la formation rocheuse. Monkey et moi peinons, nous nous arrêtons fréquemment pour nous hydrater, et j'en profite pour lui arroser les pattes pour que ses coussinets ne brûlent pas au contact du sol.

Arrivée en haut, je ne regrette pas mes efforts une seule seconde. La vue est splendide, je comprends pourquoi Zach en est tombé amoureux.

Je cueille quelques petites fleurs jaunes, sûrement issues de graines tombées par accident du bec d'un oiseau qui survolait la colline à la recherche d'un endroit où s'établir et qui, en dépit de la sécheresse et du terrain caillouteux, s'obstinent à pousser.

Elles sont comme Zach et moi, elles poussent ensemble, contre vents et marées. Peu importe à quel point la tâche se révèle ardue, ces petites fleurs continuent à se développer, elles produisent d'autres petites fleurs qui, à leur tour, perpétueront le cycle infini. Je me dis que, peut-être, un jour elles coloniseront tout

Enchanted Rock, qui sera couvert des petites fleurs qui n'auraient pas dû se trouver là.

Je m'assieds en tailleur malgré l'inconfort du terrain et j'écris à Zach, la feuille posée sur le granite rose. J'appuie bien, pour que le papier prenne l'empreinte des stries du lieu.

« *Zach…* »

37

Zach

30 août

Jimmy est revenu de la promenade avec une lettre d'Hanna. Grâce à ses efforts à l'entraînement, il ose sortir seul de la cellule maintenant. Les suprémacistes le laissent en paix et le Porc se désintéresse de lui. Il me tend l'enveloppe qu'il tient avec un immense sourire. Je me jette dessus comme un affamé.

« Zach,

Chaque jour est plus beau que le précédent. Je suis au sommet d'Enchanted Rock, Monkey renifle dans tous les coins. Cette montagne, si on peut l'appeler ainsi, est sans aucun doute le plus bel endroit du globe. On se croirait presque dans une église tant le coin est tranquille. Je me suis assise en tailleur, au sommet du rocher, on dirait le sommet du monde. On a l'impression qu'en ouvrant grand les bras on pourrait embrasser l'univers entier. Ici, il est si facile de croire en Dieu, en l'amour, en une force supérieure qui contrôle tout et nous pousse vers des endroits où nous n'aurions jamais espéré nous aventurer.

Mais ici, toujours pas de terre rouge, Zachary Bowman, je crois que vous vous êtes moqué de moi, ou alors est-ce une légende ? Y aurait-il un maléfice planant sur cette région qui ne permette qu'aux seuls vrais Texans de voir ces chemins rouges mythiques ?

Je pense à vous, sans cesse.

Hanna »

Je me revois au sommet d'Enchanted Rock. J'y allais souvent, seul, après la mort d'Andy. Je grimpais rapidement le sentier, comme possédé, pressé d'arriver au sommet. Je n'avais pas encore compris à ce moment-là que le chemin était aussi important que la destination. C'est ce qui m'a amené ici, cette envie de vouloir tout faire très vite, trop vite.

J'avais l'impression que seul l'écho du silence d'Enchanted Rock répondait à ma douleur, comme si c'était le seul endroit où je pouvais pleurer mon frère et faire mon deuil.

Là où je voyais la mort, Hanna voit la vie. Où je voyais le désespoir, elle voit une immensité de possibilités.

Je ne peux pas ne pas envoyer de nouvelle enveloppe à Hanna, alors, chaque jour, je lui écris une lettre que je range sous mon matelas. Je sais que je les lui donnerai, ou que je les lui enverrai tôt ou tard, et, même si notre échange n'est plus un dialogue comme au départ, j'ai l'impression que nous ne nous sommes jamais parlé comme ça, à cœur ouvert. Elle est la première personne à qui je me livre autant. La seule.

38

Hanna

26 août

Je ne me presse pas pour retourner à l'hôtel. Monkey et moi sommes fatigués de la longue marche de notre journée, mais je trouve quand même le courage de m'arrêter au Lavomatic. Je débarrasse la voiture de tous les emballages vides.

Dans le coffre, je trouve un sweat gris avec le logo des Spurs floqué sur le devant. Lorsque je le respire, il a un parfum d'amande amère et de musc. Je devine que c'est l'odeur de Zach, alors je plie soigneusement le sweat et le pose sur le siège passager, à côté de moi.

Je m'arrête sur la route dans un *diner*, car je suis affamée. Toute à ma contemplation du paysage depuis le rocher de Zach, j'ai oublié de manger. Monkey s'est jeté sur les croquettes que je lui ai données dès que nous avons rejoint la voiture, et, depuis, mon ventre gronde de mécontentement.

Avant de prendre ma commande, la serveuse du *diner* apporte un grand bol d'eau fraîche à mon chien qui remue la queue de satisfaction. Je la remercie d'un sourire.

Je commande un chili con carne à la texane, accompagné du fameux *pan de campo*, le pain blanc typique de l'État. Je savais que la cuisine texane était très influencée par la cuisine mexicaine, mais le chili que je mange surpasse tout ce que j'ai goûté en termes de plats épicés. C'est un mélange réussi : bœuf, piments, tomates, bacon, oignons, cumin et ail. Les saveurs explosent dans ma bouche.

Je pousse le vice jusqu'à commander un *deluxe fruit cake*, sur les conseils de la serveuse. Je ne sais pas exactement ce qu'il y a dedans, mais c'est délicieux.

Je paye l'addition et laisse un pourboire généreux.

Je récupère la laisse de Monkey et déverrouille la voiture. Mon chien s'étale sur la banquette arrière sur laquelle j'ai consciencieusement passé l'aspirateur tout à l'heure, puis me montre son ventre pour que je le caresse. Ce que je m'empresse de faire, heureuse.

Je rejoins l'hôtel et prends une douche fraîche tandis que Monkey se frotte sur le tapis au pied de mon lit avant de s'y allonger.

Les draps ont été changés et une nouvelle corbeille de fruits frais m'attend sur le bureau. Au milieu trône un CD. Un album best-of d'un groupe que je ne connais pas, les Dixie Chicks. Quelques mots sont griffonnés au marqueur indélébile sur la pochette.

« Mon groupe préféré. Pour ne pas vous sentir trop seule pendant la route.

Zach »

Je souris en faisant tourner le CD entre mes doigts. Une autre découverte. Je l'imaginais fan de rock, visiblement je me trompais… Mais la country, ça, je n'aurais jamais pu l'imaginer.

C'est l'homme le plus surprenant que j'ai jamais rencontré, et j'aime qu'il soit ainsi. Je glisse le CD dans mon sac pour demain.

Qui aurait pu deviner, il y a encore six mois, que je serais ici, au Texas, avec un chien adopté dans un refuge animalier, en train de suivre un jeu de piste inventé par un prisonnier New Yorkais dont je suis tombée sous le charme par correspondance ? Mon psy, peut-être… Lui seul a un esprit suffisamment ouvert (et, quand je dis « ouvert », comprenez « dingue ») pour l'envisager et y croire. C'est étrange, mais il ne me manque pas, je pense pourtant à lui avec un petit pincement au cœur, comme un fil de reconnaissance pour m'avoir suivie pendant toutes ces années et avoir su me pousser en douceur sur la bonne voie.

Je n'ai pas de lecteur CD, mais j'ai emporté mon lecteur MP3, rempli de chansons. La musique est l'une des choses qui me procure le plus de joie.

Alors je branche mes écouteurs et je me laisse emporter par la voix de Rachel Platten, chantant les paroles de *Fight song*. C'est l'une de mes chansons préférées.

This is my fight song
Take back my life song
Prove I'm alright song
My power's turned on

Starting right now I'll be strong
I'll play my fight song
And I don't really care if nobody else believes
'Cause I've still got a lot of fight left in me[1]

Je pense que les chansons les plus fortes sont celles qui nous donnent l'impression qu'on aurait pu les écrire, si seulement on avait réussi à trouver les mots. Quelqu'un d'autre s'est simplement substitué à nous pour nous permettre d'exprimer nos émotions.

Je m'endors avec un sourire aux lèvres, plus forte que jamais. La vie est pleine de surprises et, parfois, elles sont merveilleuses.

1. « Voici ma chanson guerrière / Celle qui reprend la mélodie de ma vie / Celle qui prouve que je vais bien / Mon énergie est de retour / À partir de maintenant, je vais être forte / Je vais jouer ma chanson guerrière / Et peu importe si personne d'autre n'y croit / Car il reste encore une vraie combativité en moi »

39

Zach

29 août

Jimmy a réussi, on ne sait comment, à nous dégoter un calendrier et une carte du Texas. Jour après jour, j'ai noté les différentes escales que j'ai prévues pour Hanna. Plus le temps passait et plus elle se rapprochait, sans le savoir, de l'étape ultime. *Las Palomas*. Ma maison. Et, avec elle, ma grand-mère, au caractère entier.

Elle doit y être aujourd'hui.

Je mentirais si je disais que je n'appréhende pas. Non que je considère ma grand-mère comme une ogresse, c'est juste une petite femme qui a des valeurs et qui ne les reniera pour rien au monde. La vie lui en a fait voir, et elle l'a toujours affrontée de face. Elle a raison, après tout : on ne tourne pas le dos à un taureau ! Du moins, c'est ce que disent les toreros… Et, au Texas, on ne plaisante pas avec le rodéo. C'est peut-être d'ailleurs la seule coutume qui ne me manque pas.

Je sais que ma grand-mère aimera Hanna, et qu'Hanna va l'adorer. Mais est-ce qu'Hanna aimera le Zach qu'elle découvrira là-bas ?

Mon *abuelita* ne mentira pas pour moi, elle n'enjolivera pas les choses. Elle m'aime, mais d'un amour lucide, ce qui le rend encore plus vrai et plus précieux. C'est peut-être le seul amour qui en vaille la peine, d'ailleurs, parce que c'est le seul qui est « vraiment vrai », comme dirait Jimmy.

Je commence à tolérer la présence de mon codétenu, elle rend plus supportable l'absence des êtres aimés, et il se passionne pour ce qu'il a baptisé « le voyage initiatique d'Hanna ». Il s'est procuré un dictionnaire à la bibliothèque et il a appris tout un tas de mots compliqués qu'il s'applique à replacer dans chacune de ses phrases. Hier, il a dit que quelque chose était « dichotomique ». Je ne saurais même pas l'épeler. Il doit être à la bibliothèque à l'heure qu'il est, d'ailleurs. En tout cas, il n'est pas là.

Il s'est lié d'amitié avec le gars de la cellule d'à côté, qu'il appelle « le voisin », et lui a raconté le voyage que j'ai imaginé pour Hanna pendant le déjeuner. Visiblement, ça a inspiré le voisin, parce que depuis il a élargi son répertoire musical et nous chante ses « chansons spécial *road trip* ». Ça va de *Traveling girl* d'Anthony Crawford à *500 Miles* de The Proclaimers.

Jimmy suit donc avec moi le périple d'Hanna. On se croirait dans une course nautique, Hanna serait le skipper, et nous, son équipe. Nous la suivons à distance, avec des lettres pour la guider, mais aucune liaison directe.

Sauf que je n'ai pas peur qu'Hanna parte à la dérive. Ça, ça n'arrivera jamais. Elle se battra toujours, je le sais, contre vents et marées. Elle voit la difficulté comme un défi, sait que la douleur est une vague : elle te submergera peut-être un moment, mais elle refluera, et tu pourras respirer de nouveau. Il suffit de tenir bon jusque-là.

Hanna est une force tranquille, je l'ai perçu dès nos premières lettres. Le genre de fille qui dit « Allez, envoyez la douleur », et qui reste stoïque le temps que ça passe.

Moi je crierais, je me rebellerais, je hurlerais au scandale. Mais pas Hanna. Elle attend, et ça passe. Et puis, elle avance. Et, ce faisant, elle oblige les autres à avancer avec elle. Elle gère tout.

Ce qui est le plus dur ici, c'est de n'avoir aucun contrôle sur les choses. Ni sur nous-mêmes. Notre emploi du temps est réglé à la minute près. On nous dit quand nous lever, quand nous laver, quand manger, quand travailler, quand dormir. L'absence de liberté peut prendre bien des formes et toutes sont difficiles à accepter.

On a pris quelque chose aux autres, alors on nous prend tout, c'est la loi du Talion. Mais il me reste mon amour pour Hanna. Ça, ils ne pourront jamais me le prendre.

Je suis en train de ranger sous mon matelas, avec les autres, la lettre que j'ai écrite pour Hanna aujourd'hui, quand j'entends du chahut dans le couloir. Je ne me mêle jamais des bagarres, si je me fais choper ça ruinera mes possibilités de remise de peine. Et je me suis promis de sortir le plus tôt possible pour avoir une chance avec Hanna.

Mais j'entends soudain scander le prénom de Jimmy, alors je ne réfléchis plus. Je sors aussitôt de la cellule et me dirige droit vers la bagarre. Mon codétenu est en train de se faire tabasser par un grand type au crâne rasé. Sur le biceps de ce dernier s'étale un immense tatouage représentant une croix gammée. Cela ne laisse que peu de place à l'imagination en ce qui concerne son allégeance.

Et moi qui pensais que ces salopards de suprémacistes avaient compris le message et décidé de laisser Jimmy tranquille ! Je me suis planté en beauté. Je n'aurais jamais dû le laisser faire ses allers-retours seul à la bibliothèque. Il n'est pas encore de taille à se faire respecter.

Les gardiens qui sont censés surveiller le couloir ne sont pas là. Normalement, ils sont supposés intervenir avant que ça devienne trop violent, mais je vois Jimmy se faire passer à tabac, et je ne peux pas rester sans rien faire, alors j'agrippe son adversaire et je le cogne de toutes mes forces, au plexus, puis dans le nez.

Les gardiens arrivent en courant alors que le suprémaciste blanc qui s'en prenait à mon codétenu s'écroule contre le mur.

Putain. Putain, putain, putain ! Je devais me tenir à carreau. Je m'étais juré d'être bien sage, pour pouvoir sortir d'ici très vite et retrouver Hanna.

Qu'est-ce que j'ai fait ?

40

Hanna

27 août

Lorsque je me réveille, je ressens un immense sentiment de bien-être. Je le laisse m'envahir en inspirant profondément l'air alentour, comme pour le faire pénétrer au plus profond de moi et s'y loger à jamais. Je n'ai pas fait une seule crise d'angoisse depuis que je suis arrivée au Texas. Même la peur que cela m'arrive s'estompe peu à peu.

J'ai à nouveau envie de sortir du lit le matin, ce qui me fait un bien fou. Mes matins pluvieux sont oubliés, cela me semble appartenir à une autre vie.

Je file sous la douche et je laisse l'eau tiède couler le long de mes cheveux. Je m'imagine être sous une cascade avec, autour de moi, une nature verdoyante et des rochers chauds sur lesquels se prélasser. Mon imagination doit m'emporter un peu loin, parce que c'est l'eau froide qui me tire de ma rêverie, signe que ma douche dure depuis trop longtemps pour le petit chauffe-eau de la chambre d'hôtel.

Je sais que Monkey doit s'impatienter, alors je me sèche rapidement, attache mes cheveux en un chignon bancal, enfile un short en coton, un débardeur et des tongs, et sors le promener avant qu'il ne fasse trop chaud.

Lorsque nous revenons, Juan a pris son service à la réception et me fait de grands signes.

Je m'approche de lui, Monkey sur les talons.

— Je vous attendais, Hanna. Je vous remets votre missive du jour. La dernière.

Sous mon regard interrogateur, il sourit.

— Ce soir, vous aurez un autre hébergement... Et un autre facteur. Je vous conseille de partir directement après le petit-déjeuner. Il y a un peu de route. Oh ! Et vous aurez besoin de ça !

Il sort une petite pochette noire de sous le comptoir et me la tend.

— Le GPS de Zach. Il m'a expressément demandé de ne pas vous le donner avant aujourd'hui.

— Il m'a laissée me guider avec une carte routière pour rien ?

— Euh... Oui, j'en ai bien peur

— Je vais le tuer !

— Je fournirai le flingue, plaisante Juan. Et Hanna, euh... bonne chance.

OK. Ça n'augure rien de bon, tout ça !

Impatiente, je m'installe sur l'un des bancs du hall et je décachette la lettre de Zach avec hâte.

« *Mon Hanna,*

Vous arrivez au bout du périple à travers mon passé. Il ne nous reste qu'une dernière étape à franchir, et bientôt, je l'espère, l'avenir s'ouvrira devant nous.

Alors voilà, Hanna. On y est.

Il faut que vous preniez la Camaro et que vous vous rendiez à cette adresse :

3 Ivy Path
Wimberley, TX 78676

La clef de mon passé, et de notre avenir, se trouve là-bas. Avant que vous y alliez, je veux vous dire une dernière chose :

vous avez bouleversé ma vie, Hanna Parrish. Depuis que vous y êtes entrée, j'ai à nouveau envie de plein de choses. Toutes ces envies, je les garde précieusement, je les liste dans un coin de ma tête, j'attends avec impatience le jour où les portes s'ouvriront et où je recouvrerai la liberté. Je ne savais pas quoi faire de moi, quoi faire de ma vie ; les années me semblaient interminables. Je n'avais pas de but, j'errais de bar en bar, de fille en fille. Je pensais que j'avais un problème sans savoir comment le résoudre. Et puis vous êtes apparue dans ma vie, et j'ai compris pourquoi ça n'avait jamais marché avec aucune autre.

Je suis fait pour vous, Hanna.

À vous, pour toujours.

Votre Zach »

Je replie la lettre avec soin et la glisse dans la poche arrière de mon short.

Nous avons tous les deux beaucoup changé, Zach et moi. Je comprends ce qu'il veut dire. L'ancien Zach n'aurait jamais pu écrire une lettre d'amour comme celle-là, j'en suis persuadée. Lui et moi, ensemble, nous tournons le dos au passé, et nous accueillons l'avenir. Depuis que je le connais, ma vie a pris un tout autre tournant. J'ai eu des histoires avant, bien sûr, mais je me rends compte à présent que ce n'étaient pas des histoires d'amour, juste des histoires de tendresse. Peut-être parce que j'étais trop jeune…

Aimer quelqu'un, je ne savais pas ce que c'était. Maintenant, je sais.

Je n'ai pas peur de reprendre la route pour cette ultime destination vers laquelle Zach m'envoie, j'ai juste hâte.

Je n'ai pas faim, j'ai envie de faire mes valises en quatrième vitesse et de filer dès maintenant.

Mais je me force à manger, parce qu'il faut de toute manière nourrir Monkey et, vu que le GPS indique trois heures de route, il vaut mieux que je prenne des forces avant de partir. Alors je mastique avec application mes pancakes, mes œufs et mon bacon grillé, puis je prépare mes affaires que je dépose dans le coffre de la Camaro. Comme il est étroit, ma valise cabine partagera le siège arrière avec Monkey.

Avant de quitter ma chambre, je remplis la liste de Zach.

« 13. *Aller à l'hôtel Indigo.*
14. *Flâner sur la San Antonio river Walk.*
15. *Siroter un After Glow.*
16. *Aller à Enchanted Rock* »

Après ces premiers défis réalisés, j'inscris le nouveau :

« 17. *Se rendre à Wimberley.* »

Je retourne à la réception pour régler la note, mais Mary, la réceptionniste qui m'a accueillie à mon arrivée, secoue la tête en signe de dénégation.

— La note a déjà été soldée, Mademoiselle Parrish. Juan s'en est chargé avant de partir. Il a dit que c'était son cousin qui souhaitait payer pour votre séjour. Il ne vous a pas prévenue ?

Évidemment que non. Je remercie Mary, mais je note dans un coin de ma tête de rembourser Juan dès que je le verrai. Je suis une fille qui gagne sa vie, et Zach va devoir se le mettre dans la tête !

Je lance le GPS, glisse le CD des Dixie Chicks dans l'autoradio et me mets en route. Je me prends à fredonner sur *The Long Way Around*. Cette chanson parle d'une fille qui ne fait rien comme les autres. Est-ce que Zach savait à quel point elle me parlerait en me faisant parvenir ce CD ? Chacun des mots de la chanteuse me parvient en plein cœur.

I've been a long time gone now
Maybe someday, someday I'm gonna settle down
But I've always found my way somehow
By taking the long way
Taking the long way around
Taking the long way[1]

1. « Ça fait un bon moment que je suis partie maintenant / Peut-être qu'un jour, un jour je finirai par me poser quelque part / Mais d'une façon ou d'une autre, j'ai toujours trouvé mon chemin / En prenant des chemins de traverse / En prenant des chemins de traverse »

Je repasse le morceau une bonne dizaine de fois, jusqu'à en connaître chaque strophe par cœur. Le trajet me paraît bien moins long, j'ai l'impression que des dizaines de femmes, qui ont connu elles aussi la peur et les doutes, m'accompagnent à chaque minute.

Celle qui a écrit ces paroles devait aussi avoir surmonté pas mal d'épreuves. Peut-être avait-elle un Zach dans sa vie. Peut-être qu'elle aussi se languissait d'amour…

***

Lorsque le GPS m'indique de tourner à droite dans un petit chemin de terre, j'ai peur un instant qu'il n'aille me perdre au milieu des champs, mais le chemin se transforme en allée et je débouche enfin sur une jolie petite cour entretenue, devant une ferme blanche et rouge. À l'entrée, en dessous d'un fer à cheval cloué pour retenir la chance, une pancarte indique « Las Palomas ».

Je me gare et descends de la voiture, Monkey me suivant de près. J'observe tout autour de moi.

Je me demande encore quoi faire lorsque la porte-moustiquaire du porche s'ouvre et qu'une vieille dame en sort. Elle est petite, avec de longs cheveux noirs striés de fils gris ramenés en un chignon sur la nuque, et porte une de ces robes rose pâle à fleurs croisées sur le devant. Elle descend les quelques marches et s'approche de moi. C'est lorsque je croise son regard que je comprends qui elle est.

J'ai déjà vu ces yeux quelque part. Ce sont les mêmes que ceux de Juan. Les mêmes que ceux de Zach.

Je m'apprête à me présenter quand elle ouvre grand ses bras :

— Oh ! Hanna ! Ça fait des jours que je vous guette. Je suis Carmen, la grand-mère de Zachary, mais ça vous vous en doutiez, *mi hija*. Bienvenue !

Et elle me serre contre elle. Comme ça. Parce que c'est ce que les grands-mères font pour rassurer leurs enfants. J'ai atteint le terme de mon voyage au Texas.

Parce que Zach, lui, il est les deux : le but et le voyage.

Carmen me lâche le temps de faire quelques caresses à Monkey qui saute partout, puis elle me prend par la main et m'entraîne à sa suite, en ne cessant pas de parler. Je suis incapable de suivre le fil de la discussion, étourdie par les couleurs, la chaleur et la poussière qui mettent mon cerveau en ébullition…

Ce n'est qu'une fois que nous sommes toutes les deux attablées dans la cuisine et qu'elle a placé devant moi une assiette contenant une part de cheesecake et un café que je redescends sur terre.

— Je suis tellement contente de vous rencontrer, dit-elle. Zach m'a écrit – enfin, il était temps, ce garçon n'en fait qu'à sa tête. Comme son père avant lui. Les hommes de cette famille, de vrais démons – et dans sa lettre, il ne parle que de vous. Il s'est attiré des ennuis, *encore*. Presque un an qu'il me laisse sans nouvelles, j'en ai par Juan, qui se contente de me dire qu'il « va bien ». Mais je n'en crois rien. Comment pourrait-il bien aller, en prison ?

Carmen s'adoucit et me tapote la main.

— Vous êtes la première fille qu'il ramène à la maison. Il était temps que ce petit trouve une fille bien, avec du caractère. Livrés à eux-mêmes, les hommes ne font que des bêtises, ils ne savent pas ce qui est bon pour eux. Et Zach… *Hay ! me hará morir*, avec ses bêtises plus grosses que lui. Mais enfin, il va peut-être se mettre un peu de plomb dans la tête, maintenant. Maintenant, assez parlé de ce *demonio,* je veux tout savoir sur vous, Hanna.

C'est le plus naturellement du monde que je me mets à expliquer ma vie à cette femme que je ne connais pas et qui me fait pourtant me sentir chez moi. Je parle à Carmen de la manière dont nous avons fait connaissance, Zach et moi, de nos conversations, de l'évolution de nos sentiments, de mon accident, de mon agoraphobie, de l'adoption de Monkey… Je lui parle de toutes les folies que Zach m'a fait faire, du parcours à travers le Texas, celui qui m'a amenée jusqu'à sa cuisine. Je lui parle de Juan qui a joué les facteurs, mais aussi de Tammy, de Gloria et de mon psy, tout ça pêle-mêle.

Je crois que je n'ai jamais autant parlé de toute ma vie. Et Carmen écoute, enregistre, me gratifie d'un hochement de tête de temps en temps. Je parle et parle encore jusqu'à ce que mon souffle commence à me manquer et que mes forces m'abandonnent. Alors, je me tais, et on reste comme ça, en silence, toutes les deux.

Mais dans cette cuisine, il y a l'ombre de Zach avec nous et je crois qu'on en est conscientes toutes les deux. Carmen brise le silence.

— Vous savez ce qu'il a fait pour en arriver là ?

Je secoue la tête en signe de dénégation

— Non. Et je ne veux pas le savoir.

Carmen sourit, me prend la main et m'emmène devant son réfrigérateur. Sur la droite de celui-ci, elle a tout un tas de photos, prises avec un Polaroid, aimantées çà et là.

— Pour mon anniversaire, quand j'étais plus jeune, mon mari m'a offert un Polaroid. Depuis, j'en ai toujours eu un. Chaque fois que mon appareil rendait l'âme, un des hommes de cette maison m'en achetait un nouveau. C'est comme une tradition chez nous. « Les femmes sont l'âme de la famille », disait ma mère, alors, j'ai immortalisé chaque moment de la vie de mes hommes. Voici Juan, à dix-huit ans, avec celle qui allait devenir sa femme, Marigold. Voilà Zach, à peu près au même âge, qui fait l'imbécile, comme d'habitude. Et là (elle me désigne du doigt une photo sur laquelle un beau jeune homme brun, assis sur un rocher au bord d'un lac, sourit de toutes ses dents à l'objectif), c'est Andy, le petit frère de Zach. Mon dernier petit-fils. Sa mort a été une tragédie. Il est parti en emmenant des petits bouts de nous tous. C'est une blessure qui reste vivace, des années après. Les parents devraient partir avant leurs enfants. Alors les grands-parents… J'ai enterré mon fils, et son fils après lui.

J'ignore quoi dire, alors je me contente de serrer sa petite main menue, toujours dans la mienne. Elle se tamponne les yeux et attrape une lettre au-dessus du réfrigérateur.

— Dans la lettre que Zach m'a envoyée, il y avait ça pour vous. Une autre lettre. Mais, avant toute chose, on va aller chercher vos valises et trouver un coussin à ce chien. Je vous ai préparé la chambre de Zach. Avant il la partageait avec Andy, mais… il n'y a plus qu'un seul lit à présent. J'ai changé les draps, à part ça, tout est comme il l'a laissé, y compris ses images au mur. Les hommes !

Carmen me précède dans l'escalier qui mène à l'étage. Je traîne ma lourde valise sur les marches escarpées. Elle ouvre la première porte sur le palier, et j'entre dans l'univers de l'adolescent que Zach a été.

Je découvre un lit une place en bois sur lequel est accroché un chapelet, une armoire avec des vêtements pliés au carré – l'œuvre de Carmen, sûrement, aucun adolescent n'est aussi ordonné. Au mur : un poster de Nirvana collé juste à côté d'une autre affiche, représentant Pamela Anderson dans son maillot de bain rouge. *Évidemment !* Je souris sans pouvoir m'en empêcher. Zachary Bowman reste un homme comme les autres sur quelques points.

Carmen me laisse déballer mes affaires tranquillement, et emmène Monkey se désaltérer. Mon chien l'a tout de suite adoptée, il la suit sans hésiter.

Mais je serais bien incapable de défaire ma valise sans avoir lu la lettre de Zach.

Je déchire l'enveloppe d'un geste sec et me plonge dans la lecture.

« *Mon Hanna-du-bout-du-monde,*

Lorsque vous lirez cette lettre, vous serez dans la cuisine de ma grand-mère. Elle posera un café devant vous et se mettra à vous parler dans sa langue étrange, un mélange d'espagnol et d'anglais et, telle que je vous connais, vous l'écouterez avec votre air sage.

Elle vous racontera nos histoires d'enfance, à Andy et moi. Comment nous allions voler des oeufs dans la ferme voisine. Comment nous allions lui cueillir des roses dans la roseraie de sa patronne (elle était gouvernante), et comment Mme Ellen fermait les yeux sur nos larcins.

Elle vous montrera des tas de photos, vous soûlera de paroles, vous tiendra les mains, voudra vous gaver de nourriture, insistera pour que vous dormiez dans notre ancienne chambre, pleine de posters dont j'ai un peu honte, mais qui faisaient marrer les gamins de quinze ans que nous étions.

Elle vous aimera, parce que vous êtes vous, que vous êtes merveilleuse et qu'il ne peut en être autrement. Elle sera votre mère, votre gardienne, votre amie.

Elle risque de pleurer, aussi, mais ce ne sera pas votre faute, ce sera la mienne, parce que je l'ai bien trop souvent déçue.

Elle portera sa robe à fleurs et ses vieux mocassins. Je vous vois assises toutes les deux, l'une en face de l'autre, mon passé et mon avenir, réunies autour de la même table.

Alors je vous le dis dans sa langue à elle, la seule langue d'amour que j'aie jamais connue, jusqu'à vous.

Te quiero[1], Hanna.

Zach »

1. Je vous aime, Hanna.

41

Zach

6 septembre

« Cher Zach,

Vous êtes devin ? Ou il y a une caméra cachée quelque part dans la cuisine de votre grand-mère ? Je ne vois que ça. À moins que ce ne soient toutes les années passées l'un avec l'autre qui vous poussent à vous connaître par coeur, si bien que chacun peut anticiper les gestes de l'autre, comme les couples qui ont passé cinquante années côte à côte, et n'ont même plus besoin de se parler pour se comprendre. Cinquante années d'amour, ça doit être quelque chose. Cinquante anniversaires, cinquante Noël, quelques enfants, quelques disputes, et encore plus de joie. Je trouve que c'est un bel objectif.

Votre grand-mère est assise en face de moi. Elle tricote quelque chose de rose et de délicieusement doux pour le bébé de Juan. Elle n'a pas encore décidé si c'était une couverture ou un nid d'ange, alors, elle prend son temps, en construisant un joli point mousse délicat, maille après maille. Je lui ai dit qu'il en existait des tout faits dans les magasins, je lui ai même proposé de l'emmener pour en acheter un, mais elle m'a dit que ce n'était pas pareil. Il y a moins d'amour, paraît-il, dans ceux fabriqués par un Philippin pour un dollar, et que l'on revend ensuite pour vingt-cinq chez Primark. Elle dit que c'est le genre de couverture que l'on garde toute sa vie, en souvenir, et que ça mérite bien qu'on prenne du temps. J'ai battu en retraite, on ne peut pas gagner contre ça.

J'ai enfin vu la fameuse terre rouge du Texas. Vous saviez qu'elle est rouge à cause de la quantité impressionnante d'oxyde de fer qu'elle contient ? Je l'ai appris en lisant un guide sur la région, sur Internet.

Votre grand-mère m'a emmenée au bord du lac, aussi, celui dont vous m'aviez parlé dans vos lettres. Il est absolument magnifique ! Par contre, les chevaux sauvages me boudaient implacablement. Je m'en suis plainte à Carmen, qui m'a répondu d'être patiente, et qu'ils finiraient par venir. Qu'ils viennent toujours quand on les attend le moins.

Elle avait raison. Ça a pris une semaine, mais ils sont passés nous dire bonjour, un matin où on prenait notre café assises sur les marches, dehors. On les a entendus avant de les voir. Tout à coup la terre a comme tremblé, et Monkey, ce courageux chien de garde, a filé se cacher sous le canapé. Carmen m'a intimé de ne pas bouger, pas d'un centimètre, et ils sont arrivés. Une harde de mustangs d'un brun foncé. Je n'ai jamais rien vu de plus beau.

Jusqu'à ce moment, le mot "liberté" était un concept. Lorsque je les ai vus, galopant sans se soucier des barrières, des obstacles, traversant la cour à *toute vitesse, j'ai compris. La liberté, c'est un besoin. C'est vital. Et je me suis sentie libre à 90 %. Les 10 % restants, je les comblerai quand vous sortirez. Parce qu'on ne peut pas être vraiment libre quand quelqu'un qu'on aime autant est enfermé.*

Pendant tout le temps qu'a duré leur cavalcade, comme je le fais depuis que j'ai reçu votre première lettre, j'ai pensé à vous.

Je n'ai pensé qu'à vous.

Hanna »

Je replie la lettre d'Hanna. Dedans, elle a glissé deux fleurs de bleuet. Elles viennent des plantes qui poussent anarchiquement depuis des années dans la cour de ma grand-mère. Celle-ci adore les fleurs, et refuse catégoriquement qu'on les enlève.

J'en tends une à Jimmy. Son visage est tuméfié, et sa fierté en miettes, mais il s'en remettra. Il a connu pire que ça. Et puis, je veille. Depuis son arrivée, il n'a eu ni lettre, ni coup de fil, ni visite. Il avait une petite amie avant d'aller en taule. Elle l'a quitté avant même qu'on annonce la sentence. Elle lui a dit qu'elle avait autre chose à faire que de l'attendre.

Il prend la fleur de bleuet, et la glisse sous son oreiller. Ici, on partage le moindre petit bonheur, le moindre petit lien avec l'extérieur. C'est la seule chose qui permette de ne pas devenir fou. Il paraît que les prisonniers condamnés à de longues peines oublient peu à peu à quoi ressemble l'extérieur d'une prison ; que quand ils en sortent, ils tombent dans la dépression et veulent y retourner. L'esprit humain s'adapte à tout, même aux barreaux !

Je m'attendais à me faire convoquer chez le directeur pour ce que j'ai fait au facho qui tabassait Jimmy. Je m'attendais même à bien pire... Mais les deux gardiens qui l'ont ramassé n'ont rien dit, et une sorte de loi du silence s'est instaurée : Jimmy ne porte pas plainte contre le suprémaciste qui l'a tabassé, et, en échange, le type ne porte pas plainte contre moi. C'est comme ça que les choses fonctionnent ici.

Conscient d'avoir échappé au pire et d'avoir peut-être sauvé mes chances avec Hanna – elles sont si faibles qu'elle m'attende six ans... –, j'ai décidé de mettre à profit le temps où je suis enfermé ici. Alors, j'apprends. Je construis des choses, au lieu de les détruire.

Ça me change. Je fais ça pour moi, je fais ça pour elles : pour ma grand-mère, pour Hanna, et, si on a de la chance, pour la petite fille à la peau brune et aux cheveux blond doré qu'on aura un jour et qui courra partout dans la maison, une fleur de bleuet dans les cheveux.

42

Hanna

7 septembre

Le bruit de portières que l'on claque me fait lever les yeux de mon Macbook.

Je suis installée depuis des heures à la table de la cuisine de *Las Palomas*. Le nom de la propriété signifie littéralement « les colombes », elle le doit à une ancienne chanson d'amour espagnole. Je tente de me concentrer sur une traduction urgente que je dois à tout prix terminer pour demain : les traducteurs de grec moderne ne sont pas légion et mon boss s'est décidé à m'appeler pendant mes vacances pour me supplier de traduire ce contrat. Avec une jolie prime à la clef, je ne pouvais pas dire non. Mais les exclamations de joie que j'entends venir de la cour m'intriguent, alors je me lève et sors sur la véranda. Juan est là, en train d'enlacer sa grand-mère. Il a une Chevrolet rouge vif. Un peu en retrait, se tient une jeune femme qui est occupée à clipper une coque bébé sur un support de poussette. Elle met les verrous, installe l'ombrelle, puis lève enfin la tête. Ses yeux croisent les miens, et elle sourit.

Juan me voit lui aussi, et m'adresse un large signe de la main en s'avançant.

— Bonjour, Hanna ! J'ai eu envie de voir comment vous étiez installée !

Il me donne une brève accolade, puis se recule.

— Vous avez l'air en forme ! *Abuelita* ne vous a pas mangée.

Carmen lui administre une tape sur le bras.

— Tu n'as pas honte de parler comme ça de ta grand-mère, *hijo* ! Et présente donc Marigold à Hanna, tu manques à tous tes devoirs !

Juan et Marigold éclatent de rire.

— Hanna, voici ma femme, Marigold. Et, dans la poussette, c'est notre bébé, Maria.

Je m'approche pour serrer la main de Marigold et observe Maria. Elle est si petite qu'on aurait peur de la casser rien qu'en la touchant.

Marigold est splendide, elle a de longs cheveux bruns et des yeux verts. Lorsqu'elle regarde son mari, son regard scintille. Il est évident que Juan et elle forment un couple très uni.

***

Carmen nous sert du thé glacé sur la véranda. Monkey passe de l'un à l'autre, réclamant des caresses, et décide de mettre Juan à contribution.

— Puisque tu es là, *diablo*, le lave-vaisselle refait des siennes, tu voudrais bien regarder ? Je crois que l'hélice ne tourne plus. Ça ne te dérange pas si je te l'emprunte, Mari ?

— Pas du tout, *abuelita*, je l'ai assez vu comme ça, le taquine Marigold. Faites-en ce que vous voulez.

Il ouvre des yeux ronds, faussement vexé, puis se lève pour entrer dans la maison à la suite de sa grand-mère. Mais il s'arrête avant d'en franchir le seuil, semblant se rappeler quelque chose.

— Oh ! J'allais oublier ! C'est pour vous, Hanna ! dit-il en sortant de sa poche arrière une enveloppe ou s'étale l'écriture de Zach, et sur laquelle il est écrit « Hanna. À lire au bord du lac ».

Il lève les mains en signe de reddition tout en me lançant un clin d'œil, puis rejoint Carmen dans la cuisine.

C'est ce moment que choisit la petite Maria, si sage jusque-là, pour s'agiter.

— Elle est fatiguée, il faut que je la promène un peu dans sa poussette pour qu'elle s'endorme. Ça la berce. Vous faites quelques pas avec moi sur le chemin du lac, Hanna ?

J'accepte, j'attrape mon petit sac et préviens Carmen et Juan. Ils m'entendent à peine tant ils sont absorbés par leur bricolage.

Je rejoins Marigold qui m'attend à l'entrée du sentier ombragé. Nous bavardons de tout et de rien, en flânant le long du chemin. Elle m'apprend qu'ils se sont rencontrés à quinze ans avec Juan, sur un terrain de basket.

— Ils étaient là, les inséparables : Juan, Zach, et Andy bien sûr. Ils mettaient des paniers et roulaient des mécaniques en faisant les malins. Mes copines roucoulaient devant eux. Elles se mettaient du rouge à lèvres dans l'espoir qu'un des garçons leur donne leur premier baiser.

— Andy était plus jeune que Zach et Juan ?

— De deux ans, oui, mais il faisait le paon comme les autres, avec l'arrogance de la jeunesse. Aucune fille ne leur résistait. Enfin c'était ce qu'ils pensaient…

— Ce n'était pas le cas ?

— Non. En tout cas, leur petit numéro ne marchait pas avec moi. C'est ce qui a plu à Juan, je suppose. Il s'est mis à rouler des mécaniques, mais je n'ai pas bougé d'un pouce. Il lui a fallu six mois pour obtenir un rendez-vous et deux mois de plus pour un baiser.

— Vous n'étiez pas sûre de vos sentiments ?

Elle éclate de rire.

— Oh, si ! Dès que je l'ai vu, j'ai su que je l'épouserais un jour. Mais il n'était pas mûr, et je refusais d'être une fille de plus sur la longue liste de ses conquêtes. S'il me voulait, il fallait qu'il me mérite.

— C'était futé ! Et ça a plutôt bien marché, si j'en juge par cette ravissante petite fille qui dort à poings fermés.

Marigold remonte la fine couverture de coton jusqu'à la taille de Maria.

— Je suis contente que Zach vous ait trouvée, Hanna. Vous lui faites du bien. Et le fait que vous l'aimiez malgré ce qu'il a fait… Ça en dit beaucoup sur vous en tant que personne. Beaucoup de femmes auraient refusé de communiquer avec un homme condamné pour meurtre, mais pas vous.

Marigold continue de parler, mais je n'entends rien. Mes oreilles bourdonnent, les mots « condamné pour meurtre » tournent dans ma tête. *Je ne voulais pas le savoir.*

Je fais demi-tour et plante Marigold au milieu du chemin. J'entends qu'elle m'appelle, mais je ne l'écoute pas, je me mets à courir. Avec la poussette, je sais qu'elle ne pourra pas me suivre. Je quitte le chemin et m'enfonce dans les champs. Des branches me griffent le visage et les jambes. Je cours jusqu'à ce que je n'aie plus de souffle, plus de jambes, jusqu'à ce que la douleur me coupe dans mon élan. Je m'effondre sur le sol, en position fœtale, pour pleurer toutes les larmes de mon corps. La douleur monte par vagues.

L'homme que j'aime a pris une vie. Il a tué quelqu'un. *Je ne voulais pas le savoir.*

Comment l'aimer, après ça ? Comment ne pas me demander qui c'était et comment cela est arrivé ? Une jeune femme qui faisait ses courses ? Un enfant qui jouait dans un parc ? Une vieille dame qui traversait la route ?

Je pleure pour moi, je pleure pour Zach, je pleure pour sa victime, je pleure pour Carmen.

Après un temps qui m'a semblé durer des jours, mes larmes se tarissent, me laissant complètement asséchée, épuisée.

Alors, je me mets sur le dos, dans les brindilles sèches. Je suis allongée sous deux grands pins parasols. Le soleil perce à travers les arbres, déversant un flot de lumière.

Mes yeux sont comme nettoyés, j'ai l'impression de n'avoir jamais mieux vu de ma vie.

Je perçois chaque petit détail. Des épines de pin qui tombent au carouge à tête jaune qui m'observe depuis une branche basse. Mon père était passionné d'oiseaux. Il m'a appris à en reconnaître plus d'une centaine. Ces oiseaux ne peuvent vivre que près des lacs. Je n'avais jamais eu l'occasion d'en voir un vrai, avant.

Nous nous observons, l'oiseau et moi, pendant de longues minutes. Il est magnifique : un roi sur son trône n'aurait pas autant de prestance que lui sur sa branche dénudée.

Je me dis que même dans le chagrin, on peut être émerveillé. Que c'est peut-être à cause du malheur qu'on perçoit aussi nettement la beauté du monde. Alors mon cerveau ordonne à mon corps de se redresser. L'oiseau s'envole, et je me remets à marcher vers la ferme.

43

Zach

12 septembre

Je fronce les sourcils en découvrant l'enveloppe sous mes yeux. Ce n'est pas l'écriture d'Hanna qui orne la lettre que Jimmy m'a ramenée en revenant de l'atelier. C'est celle de Juan. Juan ne m'écrit jamais.

Je la décachette nerveusement, et me mets à lire.

« Cher Zach,

Je sais que je n'écris pas souvent. Toi et moi, on a toujours préféré se parler de vive voix. Mais Marigold y tient, alors il le faut.

Je te préviens, ce que j'ai à te dire n'est pas facile. Je veux que tu te souviennes que Marigold et moi nous t'aimons, et que nous te considérons comme un frère, elle et moi. Nous avons grandi ensemble, et chacun de nous est devenu une petite partie des autres.

Ce qui me rend la tâche encore plus difficile, hermano.

Hier, je suis allé chez abuelita pour présenter Hanna à Marigold. Comme Maria avait du mal à s'endormir, Hanna et Marigold sont allées la promener en poussette. Lors de la discussion, Marigold a dit à Hanna... Elle lui a dit pourquoi tu es emprisonné. Elle pensait qu'Hanna était au courant, je peux te le jurer.

Hanna a eu un choc, et elle est partie. Nous avons dû quitter Las Palomas avant qu'elle ne revienne à la ferme. Abuelita nous y a poussés et, comme toujours, elle devait avoir raison.

Marigold s'en veut énormément, elle est inconsolable. Elle m'a demandé de te le dire. Elle n'a pas eu le courage de t'écrire.

Alors s'il te plaît, fais quelque chose pour moi. Laisse du temps à Hanna, et pardonne à Marigold. Et n'oublie pas qu'on t'aime.

Juan. »

Merde ! Merde, merde, merde !

Je tourne dans ma cellule comme un lion en cage. Jimmy me regarde mais, pour une fois, il ne dit rien. Il doit sentir que ce n'est vraiment pas le moment.

Hanna est au courant. Je me rends compte de mon impuissance à agir pour elle. Je n'ai pas l'habitude d'être inactif. J'ai un besoin irrépressible d'arranger les choses, mais comment ?

Je donne un coup de poing rageur dans le mur de notre cellule, faisant tomber un peu de plâtre, et la douleur lancinante qui envahit ma main et mon poignet me fait oublier pour quelques instants celle, psychologique, qu'a causée en moi la lettre de Juan.

Je me suis juré d'être sage, mais sans Hanna… *Sans Hanna, à quoi bon ?*

J'ai du mal à respirer tout à coup. Je me sens emprisonné dans mon carcan. Enfermé, physiquement, mentalement. Un scaphandrier privé d'oxygène. Je ne peux pas vivre sans elle.

Je me demande un instant si je ne fais pas une crise cardiaque, lorsque je sens une main dans mon dos. Jimmy.

— Penche-toi en avant, et mets ta tête entre tes genoux.

— Mon… cœur…

— Il va bien. C'est une crise de panique, Zach. Je le sais, j'en ai fait des tonnes avant d'atterrir ici… C'est drôle hein, j'étais plus angoissé dehors qu'ici. Penche-toi en avant, tu hyperventiles.

J'obéis à Jimmy.

Les petits points noirs qui avaient envahi ma vision disparaissent peu à peu, et mon souffle redevient régulier. Mais la douleur, elle, est toujours là.

44

Hanna

11 septembre

Je nage, encore et encore. L'eau est un peu fraîche, mais je n'arrive pas à m'en extirper.

Sur la rive, Carmen est assise sur un rocher, Monkey à ses pieds. Elle tient son Polaroid bien-aimé dans la main. Je lui souris. Elle le lève et me prend en photo. Encore un instant de vie capturé.

Après ma discussion avec Marigold, je suis revenue à la ferme, comme un zombie. La lettre de Zach transmise par Juan toujours dans ma main. Carmen n'a rien dit, elle s'est contentée de me serrer dans ses bras et de poser une tasse de chocolat chaud fumant devant moi.

Je suis montée me doucher et me changer, et je me suis contentée de glisser la lettre sous mon oreiller.

J'ai voulu m'enfuir. J'ai voulu renoncer, rentrer à Londres, retrouver mon appartement, mes repères. Je n'ai pas réussi à m'y résoudre, alors je suis juste restée là, à me demander quoi faire. J'avais besoin de temps. Il y a des choses qui demandent réflexion.

Carmen a respecté mes silences, et nous avons parlé de tout et de rien. De tout, sauf de Zach.

Mes vêtements sont posés en tas à côté d'elle, et je la vois les plier avec application, ce qui me fait sourire. Une maman reste une maman.

Elle m'adresse un signe de la main pour me dire qu'elle rentre. Je réponds à son salut, et elle repart, Monkey sur les talons.

Je fais encore quelques brasses, remonte sur le rocher. Il y a un petit vent frais, mais le soleil a tapé fort toute la journée et la pierre est chaude sous ma peau.

Je me sèche rapidement, et me retourne pour enfiler ma robe tee-shirt lorsque je remarque une enveloppe posée sur le tas de vêtements pliés par Carmen. Je la reconnais immédiatement. C'est la lettre de Zach que Juan m'a remise il y a quelques jours. Carmen a dû la trouver, enfouie sous mon oreiller, en changeant les draps.

Je n'ai pas encore réussi à me résoudre à l'ouvrir. Mais je suis près du lac, à l'endroit exact ou Zach m'a demandé de la lire. Carmen a juste voulu nous donner un petit coup de pouce.

J'envisage un instant de la déchirer en milliers de petits morceaux et de la jeter à l'eau, mais quelque chose m'en empêche, alors je m'assieds en tailleur et je commence ma lecture.

« *Mon Hanna,*

Si vous lisez cette lettre, c'est que vous êtes au bord du lac. Vous m'avez demandé un jour si c'était là que j'emmenais mes conquêtes. Je ne l'ai jamais fait, parce que c'est un lieu bien trop sacré pour que je fasse ce genre de choses. C'est là que j'ai perdu Andy. Je sais bien qu'on l'a retrouvé, je sais qu'on l'a repêché, qu'on nous l'a ramené, que son corps est au cimetière, là où mon abuela met des fleurs chaque dimanche. Mais je n'ai jamais pu me résoudre à le penser dans cette tombe. Je ne pense pas qu'il y soit ou qu'il soit au ciel. Je pense qu'il est dans ce lac, nageant pour toujours entre les nénuphars, se cachant dans les roseaux.

Andy et moi, on adorait nager ici. On adorait aussi y boire des bières d'ailleurs. Alors, un soir, on était ici, avec Juan, Marigold, ses copines, et des potes à nous. On était en train de faire les cons, et je ne prêtais pas plus attention que ça à ce que faisait Andy. On était saouls. On s'amusait à plonger dans le lac.

Je n'ai pas compris ce qui arrivait, jusqu'à ce que j'entende Marigold hurler. Andy avait plongé et n'était pas remonté.

Alors on s'est tous jetés à l'eau pour le chercher. On ne l'a pas retrouvé. C'est la police qui nous l'a ramené, deux jours plus tard. Son corps s'était pris dans un vieux filet de pêche qui traînait dans le fond du lac.

Je voulais que vous veniez ici pour que vous le rencontriez. Je sais que votre côté cartésien vous dira le contraire, mais je suis sûr qu'il est là. Attendez le coucher de soleil, écoutez le silence et il viendra. Parlez-lui, Hanna. Parlez-lui pour moi.

Zach »

Je me rends compte que j'ai pris ma décision à l'instant où j'ai ouvert cette lettre plutôt que de la déchirer.

J'ai choisi Zach. Je me suis promis que je l'aimerais, peu importe ce qu'il a fait.

Je secoue la tête en repliant la lettre. *Il est fou !* Je ne vais pas me mettre à parler toute seule. Mais, parce que c'est Zach, parce que je sais qu'il sera déçu si je ne le fais pas, je sors la liste qui ne quitte pas mon petit sac à main que j'emporte partout, et je note :

« *18. Parler à Andy* »

Puis je me mets à parler.

— Salut Andy. Je suis Hanna. Je suis la... Je ne sais pas trop ce que je suis. Je ne sais pas trop ce que je fais là. Zach m'a demandé de venir. Il te salue, d'ailleurs. Tu lui manques beaucoup. Je voulais te dire de ne pas t'inquiéter pour lui. Ta grand-mère veille sur lui. Je vais veiller sur lui aussi...

Je marque une pause en doutant encore une seconde de pouvoir accepter ce que j'aurais préféré ne jamais savoir. Puis je reprends :

— Je n'ai jamais vu Zach mais je sais à quoi il ressemble. Je n'ai jamais entendu le son de sa voix, mais je bois chacune de ses paroles. J'aime ton frère. Et ça me terrifie.

Je passe mes doigts dans le lac. Je l'effleure, comme on effleure la joue d'un enfant endormi. C'est la joue d'Andy que j'effleure. Une brise se lève et fait voler mes cheveux. Je ne sais pas si je dois considérer ça comme l'assentiment d'Andy ou comme un phénomène climatique basique. Le soleil se couche, colorant le ciel d'une merveilleuse couleur rose qui se reflète sur le lac. On se croirait au milieu d'un arc-en-ciel.

Soudain, je sais ce que je dois faire. *Cette lettre ne rejoindra pas les autres dans mon sac.*

Je la plie, j'en fais un bateau et je le pose sur l'eau. La brise le pousse doucement. Je le regarde jusqu'à ce qu'il ne soit plus qu'un petit point au milieu du lac, noyé par le soleil. Et, lentement, je rentre.

Lorsque j'arrive dans la cour, Monkey vient m'accueillir en jappant joyeusement. On rentre par la véranda, comme deux habitués. La grand-mère de Zach est dans son fauteuil à bascule et tricote paisiblement. Un vrai cliché, ça me fait sourire.

Elle aussi sourit en nous voyant entrer. Elle ne fait aucune remarque sur mes yeux rougis. Carmen est un roc, immuable, d'une sagesse incroyable. Elle savait que je lirais cette lettre et que je choisirais d'aller de l'avant. Aucune de nous ne peut en vouloir à Zach. Pas assez pour l'abandonner.

— J'ai eu peur que tu sois bloquée sous l'orage, *mi hija* !

— Il fait un temps radieux, Carmen.

Elle secoue la tête de gauche à droite.

— Crois-moi, ça ne va pas tarder à changer, l'orage approche, je le sens dans mes vieux os.

Elle me sourit.

— J'ai fait des cookies et du thé pour toi. Tu vas les chercher ?

Il est un peu tard pour les cookies mais peu importe. Je les aime à n'importe quelle heure.

J'ai à peine posé un pied dans la cuisine que le grondement du tonnerre me fait sursauter. En quelques secondes, le ciel se couvre et l'orage éclate.

Monkey file se réfugier sous le canapé et Carmen me regarde d'un air entendu.

— Je te l'avais dit !

Mais, déjà, je ne l'écoute plus. Je me précipite sous la pluie d'orage.

— Mais… Hanna ! souffle-t-elle, surprise.

Je tournoie sur moi-même, la tête levée vers le ciel, la bouche grande ouverte. Je brave la tempête.

Carmen s'avance sous le porche.

— Hanna ! Rentre, tu vas prendre froid !

Mais j'éclate de rire et je tourne de plus en plus vite.

Carmen semble avoir renoncé à me convaincre. Une seconde plus tard, elle est de retour et capture l'instant avec son Polaroid chéri. Elle prend deux, trois photos.

Lorsque l'orage semble se calmer, je rentre enfin et Carmen met une couverture sur mes épaules.

Je grimpe dans la chambre de Zach pour me changer, sous le regard approbateur de Pamela Anderson. J'enfile un tee-shirt et un short avant de redescendre.

Carmen et moi passons le reste de la soirée à observer les lucioles voleter dans les buissons devant le porche.

Puis je vais me coucher, à la fois accablée et soulagée. Comme lorsqu'on voit mourir une personne qui souffre depuis des mois et dont on sait qu'elle ne guérira pas. On ne peut contenir sa peine, mais elle est teintée de la certitude que c'est mieux ainsi. Je fais mon deuil d'une relation où Zach n'aurait pas pris la vie de quelqu'un, et ouvre la porte à cette nouvelle réalité. J'oublie la vie que j'ai imaginée pour embrasser celle qui m'attend.

***

Ce matin, en allant jusqu'au réfrigérateur prendre du lait pour mon petit déjeuner, je découvre que Carmen a affiché une des photos qu'elle a prises de moi sous l'orage entre celle d'Andy et celle de Zach, sur son mur de la famille. Je ne sais pas quoi dire, alors, quand elle arrive à son tour, je la serre dans mes bras, fort. Elle ne demande pas pourquoi, elle accepte le cadeau comme il vient. Carmen est douée pour le bonheur.

45

Zach

16 septembre

Lorsque la lettre arrive, je ne suis pas prêt. Je la laisse sur le bout de mon lit, pour avoir le temps de trouver le courage nécessaire pour l'ouvrir. Mais je sais que la fixer comme je le fais ne changera rien à ce qui est à l'intérieur, alors je me dis que c'est comme du sparadrap : il faut l'enlever vite pour ne pas souffrir inutilement.

Je m'empare de l'enveloppe, mais encore une fois ce n'est pas l'écriture d'Hanna que je découvre dessus. Cette écriture, tremblante, tout en courbes, je ne la connais que trop. C'est la même que sur mes mots d'absence pour l'école, sur les listes de courses que je suivais à la lettre, sur les cartes de Noël que j'ai été contraint de remplir d'année en année pour la famille restée au Salvador.

Les larmes me montent aux yeux pendant que je décachette l'enveloppe. C'est la première fois que ma grand-mère m'écrit. Le cachet m'annonce qu'elle a été postée après celle de Juan. *Abuelita* va-t-elle m'annoncer le départ d'Hanna ? Mon cœur bat la chamade comme s'il se faisait piétiner par une horde de chevaux sauvages.

À l'intérieur de l'enveloppe, pas de lettre, mais deux Polaroids. Sur le premier, Hanna, sous la pluie, bras ouverts, dans le jardin de ma grand-mère. Le visage levé vers le ciel, elle sourit. Au dos de la photo, seuls quelques mots sont inscrits.

« *Es maravillosa. Cuídala bien, hijo mío*[1]. »

La bénédiction de ma grand-mère compte plus que tout. Il n'y a personne au monde qui ait plus d'importance pour moi que ma grand-mère, sauf Andy – même s'il n'est plus là – et Hanna. Elle nous a toujours protégés. Elle nous emmenait nous promener à travers les champs de blé, quand nous étions petits. Les épis ondulaient au soleil et on aurait dit un océan doré d'une vibrante beauté.

On ne se rend pas toujours compte à quel point ces instants sont précieux. L'odeur de la lavande, le goût des mûres sauvages dans ma bouche, encore meilleures quand quelques épines nous avaient piqué les doigts, nous apprenant la récompense de l'effort. On allait toujours cueillir des mûres et des framboises dans l'espoir d'en faire des confitures, mais on finissait invariablement par tout manger avant même d'être rentrés. On marchait d'un pas décidé à travers les champs jusqu'aux buissons de framboises, et on en revenait le panier vide, mais l'estomac rempli, des taches roses partout sur nos tee-shirts. Mon grand-père, qui commençait à avoir l'habitude au fil

1. « Elle est merveilleuse, prends bien soin d'elle, mon fils. »

des années, ne s'attendait même plus à nous voir en rapporter à la maison.

La deuxième photo représente encore Hanna. Elle est immergée jusqu'au cou, et on devine les gouttelettes qui s'accrochent en bas de ses courtes boucles blondes. Elle sourit, en paix, entre ciel et terre.

En dessous, quelques mots attirent mon attention :

« *Te estoy esperando. Y Hanna también*[1]. »

Mon cœur manque un battement en découvrant ce message.

Elle m'attend ! Quelqu'un là-haut a dû entendre ma prière !

J'accroche les photos d'Hanna au mur avec de la patafix. Il faudra que je demande à Juan de m'en envoyer, parce qu'on commence à être à court. D'ailleurs, je dois lui écrire, ainsi qu'à Marigold. Pour leur dire à quel point ils comptent pour moi. Pour dire à Marigold que je ne lui en veux pas.

Je regarde autour de moi : on arrive presque, avec un peu d'imagination, à s'imaginer dans un studio, une garçonnière, plutôt que dans une cellule de prison. OK, avec beaucoup d'imagination.

Jimmy s'approche des photos d'Hanna et s'allonge sur sa couchette en souriant. Au bout d'un moment, il se met à rire doucement. Ça m'agace.

— Pourquoi tu te marres ?

— Tu vas trouver ça con.

— Y a des chances, mais dis toujours.

---

1. « Je t'attends. Et Hanna aussi. »

— T'as déjà joué à Tap Tap Revenge 4 ?

— Je ne sais même pas de quoi tu parles.

— C'est un jeu vidéo, inculte. Dedans y a une chanson, *She Dances in the Rain*… Ça donne un truc du genre : « *I said "the way it works is you fall apart when you look at her", she dances in the rain*[1]… »

Il chante comme une casserole, c'est affolant, et quand il me déclame la suite des paroles en rappant, c'est encore pire, alors j'ai un fou rire comme ça ne m'était pas arrivé depuis longtemps, et le son que cela produit se répercute comme un écho dans le couloir vide. Jimmy continue à chanter sans se soucier de mon hilarité.

Visiblement, c'est pas le seul geek des environs, parce que plusieurs autres taulards, dont le fan de Johnny Cash, dans la cellule d'à côté, reprennent le refrain en chœur.

Même dans les prisons, il peut y avoir de la joie, et, à ce moment, l'espace de quelques minutes, les barreaux semblent vibrer au diapason.

La joie, elle, est bien ancrée en moi, cette fois. L'espoir aussi.

Elle est restée !

---

1. « J'ai dit : "voilà comment ça fonctionne, c'est comme si le monde s'évaporait quand tu la regardes". Elle danse sous la pluie. » (*She Dances in the Rain*, ColinResponse).

46

Hanna

19 septembre

J'entends Juan avant de le voir. Le bruit de sa vieille Chevrolet affole les poules de Carmen et fait aboyer Monkey. Lorsqu'il me voit, assise sur la balancelle, il pousse un soupir de soulagement. Je sais pourquoi il est ici. Il veut parler de ce que Marigold m'a dit. Il veut que je pardonne à Zach… Mais il ignore que c'est déjà fait.

Carmen se retire dans la cuisine, discrètement, après avoir embrassé son petit-fils, Monkey sur les talons.

Juan s'assied près de moi, et, pendant quelques secondes, nous ne nous disons pas un mot.

— Je suis désolé, Hanna. Et Marigold est atterrée. Elle voulait venir, mais elle n'était pas sûre que vous vouliez la revoir. Pour être honnête, nous n'étions pas certains que vous seriez encore là.

— Je suis désolée de m'être enfuie comme ça. C'est juste que…

— Je sais. Ça faisait beaucoup à supporter. On pensait que vous étiez au courant…

— J'avais décidé que je ne voulais pas le savoir. Mais ça ne change rien à ce que je ressens pour Zach.

— C'est quelqu'un de bien, Hanna. Il a fait une énorme bêtise, mais ça reste quelqu'un de bien, je vous le jure. Est-ce que vous… Est-ce que vous voulez savoir ce qui s'est passé ?

Je ne le voulais pas, au départ, mais une partie de moi, maintenant, ne trouvera pas le repos jusqu'à ce que je connaisse tous les détails. Alors, lentement, je hoche la tête.

— Après la mort d'Andy, Zach s'est mis à déconner. J'aurais probablement fait pareil, s'il n'y avait pas eu Marigold pour me remettre sur le droit chemin chaque fois que j'en déviais. Il a commencé à traîner avec des mecs peu fréquentables, il a quitté la maison pour aller s'installer près de San Antonio, a cessé d'appeler *abuelita*, et a fini par entrer dans les *Rojos*, un gang local. Je ne lui cherche pas d'excuse, Hanna, mais vous n'imaginez pas à quel point il était mal. Il a fait un mois de tôle pour avoir cassé la devanture d'une épicerie en lançant un tabouret dedans pour impressionner ses copains. Et il s'est mis à boire, aussi. Beaucoup. Beaucoup trop. Un soir, dans un bar, il a déclenché une bagarre. L'autre type était un ivrogne notoire, membre d'un gang rival, mais c'était un colosse. Zach n'arrivait pas à avoir le dessus, alors il a attrapé ce qui lui tombait sous la main et a frappé l'autre avec. Seulement, ce qui lui est tombé sous la main, c'était une brique et il n'a pas mesuré sa force. L'autre type est mort sur le coup, Zach a plaidé coupable d'homicide involontaire et il a pris six ans, en échange de renseignements sur les activités de son gang. Les autorités l'ont transféré à New York parce que les *Rojos* étaient plutôt furieux que Zach les ait balancés, et ils sont nombreux dans les prisons texanes. Zach n'avait aucune chance de leur échapper s'il restait dans les parages. Quand il s'est retrouvé en taule, Zach m'a appelé pour tout m'expliquer, mais il m'a supplié de ne rien dire à grand-mère. J'ai promis, et j'ai tenu parole.

Carmen n'était donc au courant de rien ? Je suis pourtant certaine qu'elle m'a dit que Zach était en prison. Et elle n'a pas sourcillé quand je lui ai expliqué comment nous nous sommes rencontrés. Après-tout, peut-être Zach lui a-t-il tout expliqué dans la lettre qu'il lui a envoyée avant que j'arrive, et Juan n'est pas au courant…

Je prends une grande inspiration. Je m'étais retenue de respirer jusque-là, sans même m'en être rendu compte.

— Alors voilà toute l'histoire. Je n'ai rien enjolivé, vous avez ma parole. Il a commis un crime et il le paie. Il n'a pas cherché à se dérober à la justice. C'est un homme détruit, Hanna. J'en venais à douter qu'il puisse remonter la pente un jour, et puis, il vous a rencontrée. Et il s'est mis à écrire, il a repris contact avec sa famille, il a imaginé une sorte de jeu de piste dans tout le Texas pour que vous sachiez tout de lui. Et maintenant ça y est. Vous savez vraiment tout. Il n'y a plus aucun secret entre vous. Et si vous avez une question, n'importe laquelle, n'hésitez pas à me la poser, je jure sur la tête de Maria que je vous répondrai la vérité, quelle qu'elle soit.

Alors que je le regarde, je comprends comment continuer notre liste. Je sais ce qu'il me faut faire. À mon tour de continuer à écrire notre histoire.

— J'en ai une. Une seule. Ce sera ma dernière question.

— Je vous écoute.

Je désigne la Camaro d'un signe de tête.

— Vous pensez qu'elle tiendra jusqu'à New York ? J'ai quelqu'un à voir et je ne peux pas attendre un jour de plus.

Juan a les larmes aux yeux.

— Elle tiendra jusqu'au bout du monde, cette voiture, Hanna. Elle est increvable, et Dieu sait pourtant qu'on lui en a fait voir de toutes les couleurs. Mais c'est un long trajet, surtout pour une jeune femme seule, dans un pays que vous ne connaissez pas.

— Elle ne sera pas seule ! tranche une voix décidée derrière nous.

Nous nous retournons vivement pour découvrir Carmen sur le seuil de la porte. Elle s'est approchée si discrètement que nous ne l'avons pas entendue arriver.

— Au cas où tu te poserais la question, j'ai tout entendu, Juanito. Vous ne me connaissez donc toujours pas après tout ce temps ? Vous pensiez que je ne pourrais pas encaisser la vérité et savoir Zach en prison ? Mais ça fait longtemps que je suis au courant. L'avocat de Zach m'a téléphoné quand il a été transféré à New York. Il voulait savoir s'il aurait un point de chute quand il obtiendrait sa conditionnelle. J'avoue que ça m'a fichu un coup, mais, comme tu vois, je n'en suis pas morte.

— Mais tu n'as jamais rien dit ! Tu me demandais même si Zach avait trouvé un emploi !

— Tu crois que tu as le monopole du mensonge, *chico ?* Vous ne vouliez rien me dire, alors je ne vous ai rien dit non plus, voilà. C'est donnant-donnant, dans la vie, Juan. Souviens-t'en quand Maria sera plus grande. Et maintenant, je vais aller préparer ma valise. Je vais à New York avec Hanna.

— *Abuelita*, tu n'y penses pas…

— Je suis venue à pied du Salvador, *mi hijo*. Ce ne sont pas quelques heures de voiture qui vont m'arrêter. Et puis je veux voir mon petit-fils, tu peux bien te débrouiller sans moi quelques jours, non ?

Juan sourit jusqu'aux oreilles

— Je n'essaierai même pas de te faire changer d'avis. Tu es plus têtue qu'une mule.

Carmen me caresse les cheveux.

— Tu es prête, *mi hija* ?

Elle n'a pas besoin de réponse pour savoir que je le suis.

J'ai l'impression d'avoir attendu ça toute ma vie.

47

Zach

20 septembre

— Bowman ! Parloir !

Je me lève lentement, et Jimmy rajuste mon col. Je me marre, on dirait un lycéen dont le père resserre le nœud papillon avant la photo du bal de promo.

Je prends le petit chien en bois que j'ai sculpté pour Hanna et je m'avance dans le couloir.

Septembre file à toute vitesse. Les feuilles des rares arbres rabougris prennent une coloration orange comme un coucher de soleil. Mais, à cet instant, je ne vois ni le ciel ni les arbres, et je serais bien incapable de donner la couleur de la table sous mes yeux. Parce qu'elle est là. L'une des deux femmes de ma vie.

Hanna n'a pas pu entrer. C'est donc ma grand-mère qui me dévisage, les larmes aux yeux.

Elle n'en est pas à son premier ouragan. Ni à son premier parloir. Elle se dirige droit vers moi et m'embrasse sur les deux joues.

— *Mi hijo.*

Elle ne dit rien d'autre. Elle n'en a pas besoin. Malgré tout ce que j'ai fait, je suis encore son fils. C'est tout ce que je voulais entendre.

Elle me contemple encore un instant, en prenant mon visage entre ses mains et en scrutant mon âme à travers mes yeux, puis elle sort une lettre de sa poche et me la tend en me faisant signe de m'asseoir.

La table est grise finalement.

Sur l'enveloppe, je reconnais l'écriture de mon Hanna venue pour moi du bout du monde.

Ma grand-mère, qui connaît bien le système carcéral, sait qu'on n'a pas beaucoup de temps. Je la vois sortir une liasse de billets d'un dollar et se diriger vers le distributeur le plus proche. Nos visiteurs n'ont pas le droit d'apporter quoi que ce soit de l'extérieur, mais, dans la cour des visites, il y a des distributeurs de nourriture et de boissons, où on peut acheter tout ce que l'on veut pourvu qu'on le consomme avant la fin de la visite. Interdiction de rapporter quoi que ce soit en cellule.

Le petit bout de femme qui m'a élevé passe entre les taulards baraqués et tatoués, qui s'écartent respectueusement pour la laisser passer. Entre nous on se comporte parfois comme des chiens, mais on a tous – ou on a tous eu – une grand-mère à la maison, qui nous cajolait et qui nous faisait à manger. Et on ne plaisante pas avec ce genre de relation.

Pendant que ma grand-mère introduit dollar après dollar et fait tomber cinq *donuts* au chocolat dans la petite trappe du distributeur, je fais tourner la lettre d'Hanna dans ma main, avant de l'ouvrir.

Dedans il y a une photo d'elle en pied, avec Marigold et Juan. Ils sont tous les trois penchés sur le berceau de Maria, et ils sourient. Mon regard s'attarde sur Hanna. Ses cheveux ont blondi sous le soleil du Texas. Sa peau s'est hâlée, et son chemisier blanc en broderie anglaise tranche joliment sur son bronzage caramel. Elle porte un short en jean et des sandales dorées. Ses Ray-Ban aux verres bleus sont perchées sur le sommet de sa tête. Son sourire s'étend jusqu'à ses yeux.

Sa lettre est courte, à peine quelques mots.

« Cher Zach,

Je suis assise sur le canapé de la véranda de Las Palomas, j'attends que Carmen ait terminé de boucler sa valise. Dans quelques minutes, nous partirons pour New York. Je ne pourrai pas entrer dans la prison. Il fallait s'y prendre plus tôt pour avoir un droit de visite, mais j'espère que vous ne considérerez pas ça comme un rendez-vous manqué. Parce que ce n'est pas le cas.

Je sais que j'ai mis longtemps à écrire cette lettre. J'avais besoin d'un peu de temps pour être bien sûre d'accomplir le voyage de toute une vie.

Et maintenant, j'en suis certaine. Quand on s'aime, qu'est-ce que six années, dans une vie ?

Hanna »

Ma grand-mère revient avec les *donuts*.

— Assieds-toi et mange, Zachary. Je vais nous chercher des cafés.

Elle se dirige vers un autre distributeur, et, malgré mon amour inconditionnel pour les *donuts*, j'ai la gorge si nouée qu'en avaler une bouchée me paraît compliqué.

Je regarde à nouveau la photo d'Hanna. Son sourire me réchauffe, il y a tellement d'amour dans ses yeux que c'en est bouleversant. Alors, seulement, je commence à manger. J'avale, en essayant de ne pas pleurer.

Ma grand-mère revient, accompagnée d'un grand baraqué hispano qui porte ses cafés.

— Paco a eu la gentillesse de m'aider. Merci, Paco.

— De rien, Madame. Bonne journée.

Je me demande si ma grand-mère sait qu'elle vient de se servir de Paco Diaz, le grand chef du gang de la huitième rue, comme de son serveur personnel. Elle ne s'est même pas posé la question, je crois. Elle a vu en lui un jeune gars paumé, comme moi, comme mon père avant moi, et l'a traité comme tel. Et lui, tellement peu habitué à se faire traiter comme ça, il a obéi à ce petit bout de femme en robe à fleurs sans se poser la moindre question. Au doigt et à l'œil.

J'ai envie de rire, mais je ne suis pas surpris outre mesure. Peut-être que c'est en traitant les prisonniers comme des êtres humains qu'ils finissent par le redevenir.

Je bois mon premier café correct depuis des mois. Ça fait un bien fou. Pour le moment, ma grand-mère me laisse manger en paix. Mais je la connais, je sais que ça ne va pas durer et que, dès que j'aurai fini mon dernier *donut*, elle va me prendre entre quatre yeux et me faire la morale.

Je savoure le dernier morceau avant de l'avaler. Et, comme je la connais bien, elle attaque dès que j'ai terminé.

— Dis-moi, Zachary, est-ce que j'ai élevé un imbécile ?

Ay ¡Empieza!

— *Abuelita...*

— Il n'y a pas d'« *abuelita* » qui tienne ! On a marché du Salvador jusqu'ici avec ton grand-père, et c'est comme ça que tu me remercies ? Voir ton père en prison et ta mère en pleurs toutes les nuits ça ne t'a pas suffi, *hijo* ? Tu m'imposes ça, une fois encore ? Les parloirs, les lettres, et les distributeurs de nourriture industrielle ? Et, pire encore, tu imposes ça à Hanna ?

— Sans ça, je n'aurais jamais rencontré Hanna.

— Au moins on retirera quelque chose de bien de ce gâchis.

— Je ne recommencerai plus, *abuelita*, je le jure.

— J'espère bien, oui ! Parce que tu n'es pas le seul à payer, tu n'es pas le seul à souffrir. On met tous nos vies entre parenthèses pour toi. Quand quelqu'un qu'on aime est en prison, on y est un peu aussi. Chaque fois qu'on perd quelqu'un qu'on aime, on meurt un peu.

J'attrape sa main ridée de l'autre côté de la table et je la serre fort. Je plante mes yeux dans les siens, et je répète :

— Je ne recommencerai plus. Tu as ma promesse.

Alors, elle serre ma main en retour.

— Si tu savais comme je t'aime. Et comme Hanna t'aime aussi.

— Je le sais. C'est pour ça que je ne recommencerai plus jamais. *¿Nunca jamás, me entiendes*[1] ?

— *Sí.*

Elle me sourit et se met à parler de tout, de rien : de Maria, dont elle a apporté des photos, que je range

1. « Plus jamais, tu m'entends ? »

précieusement dans ma poche ; de Monkey, qui est en pension chez Juan pour la semaine et qui doit être atrocement gâté par Marigold, en congé maternité, qui lui sert du bacon au petit-déjeuner ; des Dixie Chicks ; et je suis atrocement gêné quand ma grand-mère m'apprend que chaque soir Hanna va se coucher sous l'effigie d'un mètre quatre-vingts de Pamela Anderson dans son célèbre bikini rouge.

Étrangement, pour la première fois depuis des mois, sous le ciel gris de New York, dans le parloir de Rikers, je me sens à la maison.

ÉPILOGUE

Zach

Six ans plus tard

Les portes s'ouvrent dans un grincement sinistre. C'est le printemps à New York. Je hais toujours cette ville et tout ce qu'elle représente : mes erreurs, mes échecs… Mais, aujourd'hui, je vais faire une exception et voir ce qu'elle peut avoir de beau. Parce que je vais la quitter pour toujours, je peux bien l'aimer un peu.

Le gardien à la porte me gratifie d'une poignée de main. La première en six ans. Avant il ne pouvait pas, règlement oblige. On est tous des gars qui ont fait de mauvais choix. Pas des anges. Mais pas des animaux.

Je m'inquiète un peu pour Jimmy. Il a encore deux ans à tirer, mais, pendant nos six années de cohabitation forcée, je l'ai armé du mieux que j'ai pu. À lui de jouer maintenant. Je lui ai laissé mon adresse, j'espère qu'il viendra me voir au Texas quand il sortira de taule. Et je lui écrirai. Chaque semaine. Maintenant, lui aussi aura quelqu'un à l'extérieur qui pensera à lui.

Mais je laisse tout ça derrière moi à la minute où je franchis la dernière grille. Parce qu'elle est là, les cheveux blonds, adossée à la voiture. Elle porte mon vieux tee-shirt de Nirvana sur un jean. Elle tient un panneau où elle a écrit « ZACH BOWMAN » en lettres majuscules, et je devine des larmes de joie derrière ses Ray-Ban *aviator*.

Sur la banquette arrière de la Camaro, Monkey passe sa tête par la vitre et remue la queue frénétiquement.

Je la rejoins, lentement, pour savourer l'instant.

Je la prends enfin dans mes bras.

J'ai tellement de choses à lui dire que je n'arrive qu'à répéter son prénom, en boucle, comme une musique.

— Hanna, Hanna, Hanna, Hanna, Hanna, Hanna, Hanna, Hanna, Hanna…

Lorsque j'arrive à me détacher d'elle, c'est pour lui ôter ses Ray-Ban – découvrir que j'avais raison, elle pleurait – et lui donner le plus long des baisers. Un des nombreux baisers qui viendront dans les jours, les mois, les années à venir.

Elle me prend la main et la serre.

— On rentre à la maison, maintenant. Carmen nous attend.

Elle me tend les clefs de ma Camaro, dans laquelle un sapin parfumé remplace les dés en peluche de mon rétroviseur. Le petit chien en bois que ma grand-mère lui a offert pour moi est fixé à la patafix au-dessus du volant. Elle n'a jamais été aussi propre, ça me fait sourire.

Je m'installe au volant, et elle se blottit contre moi. Monkey s'endort sur le siège arrière.

Les fenêtres sont ouvertes tandis que je m'engage sur le pont de Brooklyn. Je mesure la chance unique

que j'ai d'avoir quelqu'un qui sait tout de moi, et qui m'aime quand même.

Il reste quand même une ou deux choses qu'elle ignore. Hanna ne sait pas encore que j'ai obtenu mon diplôme en prison et que je compte bien ouvrir mon atelier de menuiserie dans peu de temps. Hanna ne sait pas encore que je ronfle et que je m'enroule systématiquement dans les couvertures. Hanna ne sait pas encore que je ne sais pas siffler. Hanna ne sait pas encore que dans trois jours je me mettrai à genoux pour la supplier de m'épouser au bord du lac.

Mais rien ne presse. Nous avons tout notre temps, et c'est instant après instant que nous bâtissons notre éternité.

REMERCIEMENTS

Merci :

À ma merveilleuse petite fille, Rhiannon, qui a toujours été mon moteur. Je t'aime jusqu'à la dernière étoile du dernier univers.

À ma famille : à ma maman, je suis fière d'être ta fille, et à ma sœur Noëlle, pour son soutien tout au long de mes aventures littéraires.

À Graziella Arquinet, Marie Galametz et Sébastien Petit. On dit qu'un meilleur ami est comme un trèfle à quatre feuilles : il est difficile à trouver et on est chanceux de l'avoir, et moi j'ai la chance d'en avoir trois.

À ma super éditrice, Marine Flour, pour sa confiance et son travail acharné. Tu es la première à y avoir cru et tu as façonné ce livre autant que moi.

Aux membres du jury du prix Télé-Loisirs, et tout particulièrement à Virginie Grimaldi, pour avoir suffisamment cru en ma « Sirène » pour lui avoir donné cette opportunité.

À Célia Giglio et Marion Marin Dubuard, merci de votre travail formidable pour promouvoir ce livre.

Au graphiste qui a élaboré cette jolie couverture, Emmanuel Pinchon, ainsi qu'à la maison Hugo & Cie, mille fois merci.

À la joyeuse bande des Chapeautordus : les années passent, mais je n'oublie pas que c'est pour vous que j'ai écrit mes premières histoires.

À Taoh et Milo. Bienvenue dans ce monde.

Aux autres finalistes : Virginie, Myja, Julie, Ludivine et Mumu, j'ai adoré faire ce concours avec des filles aussi sympathiques.

Et surtout, à toute la communauté Fyctia, pour leurs encouragements tout au long des chapitres de ce livre.

Ouvrage composé par
PCA 44400 Rezé

Imprimé en Espagne par:
BLACK PRINT
en mai 2020

S30994/01